*Kushtuar babës, Selimit,
frymëzuesit të këtij libri
e që nuk do ta lexojë dot!*

BISLIM AHMETAJ

JORGOJA
I TROPOJËS

tregime

Skanderbeg Books
2021

Copyright © Bislim Ahmetaj, 2021
All rights reserved.

Ahmetaj, Bislim
Jorgoja i Tropojës : tregime / Bislim Ahmetaj ;
red. Rezarta Reçi. – Tiranë : Skanderbeg Books, 2021
170 f. ; 14 cm x 21.6 cm.
ISBN 978-9928-221-50-6
1.Letërsia shqipe 2.Tregime dhe novela
821.18 -32

Skanderbeg Books
L. nr. 4, Rr. "H.H. Dalliu", Pal. 184/9, Tirana, Albania
Tel. 00355 4 2260945/2230721
redaksia@skanderbegbooks.com
www.skanderbegbooks.com

Në kopertinë:
"*Jorgo Papa, xhaxhai im i gjashtë!*" - autori

Shtypur në Shtypshkronjën "Fiorentia", Shkodër.

International distribution:
RL Books, Brussels, BE
https://www.rlbooks.eu

BISLIM AHMETAJ

JORGOJA I TROPOJËS

tregime

Skanderbeg Books

2021

Copyright © Bislim Ahmetaj, 2021
All rights reserved.

Ahmetaj, Bislim
Jorgoja i Tropojës : tregime / Bislim Ahmetaj ;
red. Rezarta Reçi. – Tiranë : Skanderbeg Books, 2021
170 f. ; 14 cm x 21.6 cm.
ISBN 978-9928-221-50-6
1.Letërsia shqipe   2.Tregime dhe novela
821.18 -32

Skanderbeg Books
L. nr. 4, Rr. "H.H. Dalliu", Pal. 184/9, Tirana, Albania
Tel. 00355 4 2260945/2230721
redaksia@skanderbegbooks.com
www.skanderbegbooks.com

Në kopertinë:
"Jorgo Papa, xhaxhai im i gjashtë!" - autori

Shtypur në Shtypshkronjën "Fiorentia", Shkodër.

International distribution:
RL Books, Brussels, BE
https://www.rlbooks.eu

PËRMBAJTJA

Parathënie 5
Aisha 7
Puthja e dikurshme 19
Ai dhe unë 22
Ata ishin pesë 24
Golfi me krahë të shkurtër 34
Marko dhe ceca 39
Masazhi 42
Mbledhja e ushtarakëve në lirim 47
Takim në plazh me një oligark 51
Udhëheqësi i birinxhukit 57
Jetimja 59
Ylli i kuq, balshoj dhe murra e gjyshes 61
Një histori e bukur po të ishte e vertetë 65
Poeti i rënë në gjak me jurinë e çmimit "nobel" 70
Më kujtohet dita kur mësova që isha armik 75
Njeriu që përcaktonte karakterin nga fishkëllima e shurrës ose historia e rrallë e kristaqit 79
Shpresa n. 82
I pashë dy njerëz duke u puthur në buzë 91
Diplomati me brekë të grisura 95
Jorgoja i tropojës 109
Burrit që i kruhej 113
Ceremonia e lamtumirës së hamsterave 116
Princesha e kaltër 120

Taulant kalemi dhe burri me mustaqe spic *149*
"Jugsja" dhe këmisha me fije ari *153*
Biznes i ri në lagjen tonë *161*

PARATHËNIE

Tregime të një dendurie të lartë emocionale

Krijimtarisë së shkrimtarit Bislim Ahmetaj i shtohet edhe një vëllim me tregime "Jorgoja i Tropojës". Ky libër vjen në distancë në kohë nga vëllimi i tij i parë, titulluar "Kthimi i peshkatarëve". Bislimi, si autor, lëviz lirisht mes poezisë dhe prozës, duke u ndjerë mirë me të dyja zhanret. Për mua, shkrimtari Bislim Ahmetaj është tregimtar cilësor dhe me vlera. E kam spikatur këtë që në leximin e vëllimit me tregime "Kthimi i peshkatarëve". Madje kam këmbëngulur që duhet ta lëvronte shpesh këtë gjini.

Bislim Ahmetaj, duke qenë njeri me profesion tjetër, e realizon me kënaqësi aktin e krijimit, si një proces që i sjell atij kënaqësi, por njëkohshëm ka aftësinë dhe mjetet për ta përcjellë ndjeshëm te lexuesi. Njeriu Bislim Ahmetaj ka një jetë aktive, të pasur me lëvizje, njohje, takime, miqësi, impresione, ngjarje, episode. Kureshtar dhe komunikues, plot ndjeshmëri dhe emocione, ai ka stivosur dhe vazhdon të stivosë brenda vetes mbresa të forta të një jete të jetuar intensivisht. Të gjitha këto janë shënjuar në nënlëkurën e krijuesit Bislim Ahmetaj, duke lënë gjurmën e vet emocionale në qenien e tij. Të përcjella pastaj përmes një filtri të kujdesshëm krijues, këto shenjëza jete pasurojnë dhe kërshërinë, por edhe gjendjen emocionale të lexuesit.

Kur mbaron së lexuari tregimet e këtij vëllimi, të duket se ke jetuar shumë jetë. Pasi në to përcillen me realizëm dhe art copëza jete fragmentuar kohës. Bislimi rrëfen thjesht në dukje, por ritmi i vrullshëm i rrëfimit, realizmi dhe spontaniteti, befasia dhe gjuha e përdorur shpesh të marrin për dore pa u ndjerë dhe të çojnë lehtë, këndshëm atje ku po jeton e frymon personazhi i tregimit. Një pjesëz e tregimeve të Bislim Ahmetaj përcjellin me lirizëm e ngrohtësi ato emocione të forta të *skalitura nga një tjetër kohë. Janë parë me syrin e fëmijës, janë jetuar me lëkurën e adoleshentit dhe rrëfehen me optikën e një shkrimtari të rritur tashmë, jo vetëm nga mosha. Në tregime të tilla si "Golfi me krahë të shkurtër", "Ylli i Kuq, Balshoj dhe Murra e gjyshes", "E mbaj mend ditën kur mësova se isha armik", përzihen bukur naiviteti fëminor me filtrin e shikimit të ngjarjes a dukurisë me syrin e të rriturit. Fshikullues dhe gati-gati i pamëshirshëm është në qëndrimin e tij përmes penës krijuese ndaj fenomeneve të dhimbshme, aspak të bukura, që kanë përshkuar jetën tonë në dy epoka. Ka trishtim, ka revoltë, ironi therëse në tregimet ku trajtohen episode nga diktatura komuniste apo nga diktatura e parasë në kohën tonë. Lexuesi rrëmbehet nga stili realist dhe ritmik i rrëfimit, i konturon me mëndje personazhet që shkrimtari ka skalitur me fjalë dhe mban pa dashje qëndrimin e vet ndaj ngjarjes a fenomenit. Këtu do të veçoja si mbresëlënës tregimin "Ata ishin pesë", "Shpresa N.", "Mbledhja e ushtarakëve në lirim", "Takim në plazh me një oligark". Ndonëse autori ka raste të përdorimit të fjalëve a sharjeve shqeto, ti i pranon natyrshëm, meqenëse janë në funksion të të rrëfyerit, të ngjarjes, të së vërtetës. Siç pret krahëhapur lirizmin e ndjenjën, që derdhet me delikatesë e plot emocion tek tregimet "Princesha e kaltër", "Ceremonia e varrimit të hamsterave", "Aisha" apo "Puthja e dikurshme".*

Kur e mbyll librin me tregime të shkrimtarit Bislim Ahmetaj, ti edhe për disa kohë vazhdon të mbetesh nën impresionet e leximit të tij, të kujtosh copëza ngjarjesh, të të duket se po takon në rrugë ndonjë nga personazhet e tregimeve, sepse në fund të fundit kjo është magjia dhe fuqia e një shkrimtari, që me artin e të rrëfyerit të të lërë mbresë dhe të të ftojë në përjetime emocionuese. Besoj se autori i këtyre tregimeve ia ka mbërritur kësaj pa sforcim, me rrëfim intensiv e ritmik, realist e të drejtpërdrejtë, përshkuar nga ndjesi fine e të domosdoshme artistike.

Rezarta REÇI, Tiranë, tetor 2021

AISHA

Kadri Uv lindi dhe u rrit në fshatin Krastovë, një mijë e pesëqind metër mbi nivelin e detit. Jetoi aty deri sa mbushi shtatëmbëdhjetë vjeç. Fshati niste bash ku mbaronte mali me pisha dhe fillonin rudinat e pafundme. Sipas gojëdhënës, ishte krijuar në kohën e Car Borisi III, i cili e sundoi Bullgarinë pas Luftës së Parë Botërore deri në mbarim të Luftës së Dytë. Qeverisja e tij ishte fatale për myslimanët e Bullgarisë, e ngjashme me atë të fundit të diktaturës komuniste, kur e bija e udhëheqësit komunist të kohës, Ludmilla e Zezë, si e quajnë myslimanët bullgarë, në emër të krenarisë kombëtare, ndërmori masa represive dhe asimiluese ndaj popullsisë myslimane, të ngjashme me kohën e Carit Borisi III. Fshati i Kadriut u krijua në atë vend të paktën që pas fitores së pavarësisë së Bullgarisë nga perandoria otomane. Paraardhësit e tij kishin jetuar në fushat pjellore buzë Detit të Zi dhe kishin qenë pronarë tokash e bujq të dëgjuar. Feja i ka ndëshkuar bullgarët shpesh në histori, që kur perandori X i shpalli paganët heretikë. Më vonë sundoi kristianizmi, por ndarja e perandorisë solli edhe ndarjen e kishës.

Në kohën kur qeveria komuniste ortodokse nisi

fushatën kundër tyre, udhëhequr prej Ludmillës së Zezë, më shumë se treqind mijë myslimanë bullgarë u zhvendosën në Turqi. Kadri Uv aso kohe ishte rreth të shtatëmbëdhjetave dhe jetonte midis fshatit të lindjes, Krastovës, ku e kishte degdisur stërgjyshi i tij nën presionin e Car Borisit III, dhe Velingradit, një qendre termale, që njohu zhvillim të shpejtë aty nga vitet '70-'80. Në Krastovë kishte të dashurën, në Velingrad punën. Fshatin e lindjes e ndante një rrugë e keqe automobilistike rreth tridhjetë kilometra e gjatë me qytezën e re, që po mbushej me hotele dhe turistë vendas dhe të huaj. Zemra e ngjiste Kadriun çdo të diel në fshat, paraja e mbante gjithë javën larg zemrës. Këtë herë, ai nuk do të bënte gabimin e stërgjyshit; nuk do të shkonte mbrapa, nuk do ta kthente kokën pas, nuk do pyeste për fe, madje as për atdhe. "Një atdhe që të përzë se shkon në xhami dhe jo në kishë, s'mund të jetë i yti", i kishte thënë me gjysmë zëri të dashurës në Krastovë, pak para se të largohej prej saj. Prej Velingradit, ku punonte me shumë dëshirë, prej atdheut dhe fesë, që më shumë u kishte sjellë mallkime dhe vuajtje, se harmoni e begati, krejt ndryshe nga ç'shkruhej në librin e shenjtë, në Kuranin e madhnueshëm. Kur shumica e bashkëkombësve të tij myslimanë shkuan në Turqi, ai emigroi kundër rrjedhës, në Angli. Për do kohë, humbi lidhjet me Krastovën, nënën, të dashurën pesëmbëdhjetëvjeçare, Velingradin, me gjithë Bullgarinë dhe, për më tepër, me 'mallkimin' e tij, fenë. Aq i inatosur ish me fenë, sa shpesh i shkonte mendja të bëhej një copë komunist muti, por i kujtohej që bash komunistët i kishin detyruar treqind mijë bullgarë të lëshonin atdheun dhe pronat e tyre veç për përkatësinë fetare, ndaj ndalej e lutej: Zot i madh, që je vetëm një, na lejo të besojmë vetëm në ty dhe në asgjë tjetër në botë!

Londra ia lejonte të besonte ku t'i donte kokrra e qejfit.

Shpejt u pajis me dokumente qëndrimi dhe pune. Kësaj të fundit s'i përtonte kurrë; ai vend të përpinte, por edhe të shpërblente. Një mbrëmje, pas gjashtë muajsh në jetën londineze, kur u kthye nga puna e dytë, hapi krejt pa vullnet kutinë e postës. Prej saj u derdhën përtokë katër-pesë fletëpalosje promocionesh dhe një letër, ku shquhej lehtë pulla e postës së Bullgarisë. Iu drodhën duart dhe zarfi i ra përtokë. U përkul ta merrte dhe ende duke u dridhur vërejti se dërguesi ishte nëna e tij. Me të kish folur të paktën dy a tri herë në telefon. Nuk e hapi menjëherë, por vetëm kur hyri në ashensor iu kujtua që e ëma nuk dinte të shkruante. Hyri në banesë, nxori një shishe uiski "GlenGrand" nga frigoriferi dhe mbushi një gotë plot. E çoi thuajse me fund, pastaj e mbushi prapë, i hodhi pak koka-kola dhe një copë akull dhe u rrëzua mbi kolltukun e madh. Letrën në njërën dorë dhe gotën e uiskit në tjetrën.

Më në fund e hapi. Pak rreshta ishin shkruar, me një kaligrafi të njohur.

Kadri!

Kur ike ti, isha shtatzënë. E doja atë krijesë që lëvizte në barkun tim të hajthshëm sa ty, më shumë se tokën dhe qiellin bashkë. Ajo lindi natën e Bajramit të Madh. Është e bukur, si rudinat e Krastovës, I ka faqet e kuqe bash si mollët e egra, që mblidhnim bashkë hijeve ndër pyje. Kur i marr erë, më duket sikur i vjen aromë pishe. Emrin ia kam vënë Aisha, si emri i nënës tënde. Dal natën në oborr me Aishën në krah dhe shohim yjet. Kur rrëzohet ndonjë prej tyre, them me vete a mos po ulesh ti dhe... ylli shkimet pa rënë n'livadhet rreth nesh e...

Nëna e Aishes tënde...

Iu kthye prapë gotës, pastaj letrës, shishes, gotës, letrës, shishes tjetër, gotës, letrës, gotës, letrës, gotës, letrës, pastaj shishes tjetër, gotës, leeetttrrëssss.

Të nesërmen, rreth orës dymbëdhjetë, një kakofoni zilesh ia zgjuan disa qeliza të harruara nga gjumi apo nga vdekja. S'po i besonte vetes. Binin njëkohësisht zilja e celularit, e telefonit fiks dhe ajo e derës. Nuk e hapi asnjërën, por u mundua t'i çelte sytë. Kryet i peshonte sa mali Halaga.*

Zilet vazhdonin e binin si të çmendura, por mendja e tij tashmë kishte fluturuar në lëndinat e Krastovës dhe po i dukej vetja sikur po dëgjonte zilet e lopëve të shpërndara anë e mbanë kurorës së pishave, që rrethonin fshatin e tij të lindjes.

Kadri Uv, si azilant politik, nuk i lejohej të shkelte në vendin e tij. Aisha ishte fëmijë jashtë martese, shto që ai kishte rënë në dashuri me Xhesika Xu, vajzën e bukur të pronarit të hotelit ku punonte. Vajza e një kinezi të pasur nga Hong Kongu me shtetësi britanike. Në fillim e kishte parë si velë për t'ia dalë detit të madh të Londrës e tash i dukej si një Titanik, prej së cilës mund ta ndante vetëm fati i Titanikut të famshëm, që përfundoi në fund të oqeanit.

Tri ditë pasi i doli pija, kllapia dhe hipnoza e letrës që ia çonte "nana e Aishes", siç e kishte nënshkruar letrën e dashura e tij nga Krastova, Kadri Uv u takua me të dashurën e tij Xhesika Xu dhe i tregoi fije e për pe gjithë jetën e tij të patreguar. Gjithashtu edhe letrën që kishte marrë tri ditë më parë. Tash, Kadri Uv nuk ishte më ai djaloshi që kishte thurur ëndrra britaniko-kineze, por babai i Aishes. Gjithsesi e kish një kusht: s'do kthehej kurrë mbrapsht, domethënë në Bullgarinë dhe Krastovën e tij, as te nëna e Aishes. Vetëm se Aisha ishte syri i tij, ylli që e shihte dhe ndiqte ditën për diell dhe natën me re apo kur qielli mbytej në yllësi. Zemrën ta kam dhënë ty Xhesika, nëse e pranon këtë ujdi. Shpirtin jo, shpirti im është i Aishës.

Xhesika Xu sapo kish nisur studimet për psikologji në Universitetin e Oksfordit. Ajo ishte e dashuruar me dy njerëz në këtë botë: me Konfucin dhe Kadri Uv. Babain, edhe pse ishte njeri shumë i mirë, për shkak të angazhimeve të gjata në punë, më shumë e kishte parë si një kartë banke sesa si një njeri që mund ta çmonte dhe ta donte. Kishte një motër më të madhe, që ishte martuar me dashuri në Hong Kong dhe nënën, dashurinë e së cilës nuk e kishte njohur, pasi Xhesikën e kishte lënë gjashtëmuajshe dhe të motrën dy vjeçe. E ëma kishte humbur jetën në një udhëtim turistik në rrethana misterioze, kur kishte qenë me pushime me të shoqin në Xhamajka. Të gjitha këto ngjarje, psikologja e ardhshme i bluajti në mendje për pak sekonda. E pa të dashurin e vet gjatë nga majat e këpucëve deri te flokët e krehura me kujdes. Pastaj shikimin zhbirues e ndali në sy. Ndenjën edhe një copë herë pa folur; ajo pinte çaj jeshil, ndërsa ai "Indian tonic water".

Kadri Uv dukej i dërmuar, i dorëzuar. Djali që shkëlqente me elegancën dhe xhentilesën e tij në hotelin me pesë yje të babait të saj, që gjendej vetëm pak metra larg shtëpisë së Shekspirit, buzë Tamizit, ishte shndërruar në një grumbull marrëdhëniesh, që i ngjanin një shtëpie të braktisur, ku zotër ishin bërë merimangat dhe minjtë. Xhesika Xu nuk e kishte regjistruar kot degën e saj të psikologjisë në Oksford; ajo ishte një psikologe e vërtetë, që kur kishte lindur.

Patën guximin fatlum të shiheshin gjatë sy ndër sy me njëri-tjetrin. Askush s'mund ta dijë sa zgjati ai shikim, veçse dikur Xhesika Xu e mori guximin dhe foli:
- Aisha është vajza jonë, ajo ka fatin që s'e pata unë dhe do të ketë dy nëna, në qoftë se ti do të kesh vetëm një grua dhe ajo do të jem unë...
Heshtën, por shikimin nuk u ndanë syve të njëri-

tjetrit. Dikur, Kadri Uv u drejtua, e mori veten, ndoshta i doli edhe uiski që kishte konsumuar para tri ditësh dhe i tha:

- Të jam mirënjohës për çka më the. A do më japësh pak ditë kohë ta bluaj në këtë rradaken time mjerane, propozimin tënd fort bujar dhe fisnik?

Ajo iu përgjigj si rrufeja:

- Mësuesi ynë i madh Konfuci, këtu e dy mijë e pesëqind vjet më parë, na ka mësuar se gjithmonë ka më shumë se dy rrugë. Në rastin tonë, njëra rrugë është pritja, tjetra është të ecësh përpara dhe e treta të kthehesh mbrapsht. Unë do të zgjedh pritjen, ai që pret nuk humb kurrë; edhe këtë e kam mësuar nga mjeshtri i madh.

Kadri Uv kishte dëgjuar për të vetëm nga Xhesika Xu. Kurrë më parë nuk kish lexuar gjë nga mësuesi i të dashurës së tij. Në këtë rast iu duk se ishte jo thjesht një mësues, por vetë Muhamedi në tokë. Iu bind pa kushte këshillës së saj dhe i premtoi që pritja nuk do të ishte e gjatë.

...

Të nesërmen e takimit të jetës, siç do ta quante më vonë, shkoi në punë sikur të mos i kishte ndodhur asgjë. U mor me rutinën e zakonshme dhe kur mbeti bosh u rras në zyrë dhe filloi sagën e të folurit me të ëmën. Në fillim i duhej të lidhej me një shok në Velingrad, nga të paktit që kishte celular, i cili duhej të merrte makinën e tij të vjetër dhe të ngjitej lart në fshat, të shkonte te shtëpia dhe, në rastin më të mirë, ta gjente nënën aty. Por, në shumicën e rasteve, ajo ishte me lopë nëpër livadhet e pamata të Krastovës dhe i binte që ta priste derisa të kthehej me lopët në fshat.

Po sikur shoku ta kishte makinën e prishur, po sikur të ishte në Plodvill, apo, më larg akoma, në Sofie për furnizime? Po nëse ishte sëmurë, qoftë larg, në ndonjë

spital? Po sikur t'i thoshte: "Kadri Uv na e çave bythën, merre nënën tënde në Angli ose paguaj dikë ta vrasë!"?
Më e keqja ishte se, pasi ta gjente nënën, i duhej ta merrte me makinën e tij rrangallë edhe nja njëzetë minuta larg fshatit, deri në një vend ku kapnin valët e celularit. Me gjithë këto dilema, Kadri Uv u ul në tavolinën e punës, mori telefonin dhe i ra numrit të shokut në Velingrad. Duke dëgjuar zilen përtej, i erdhi në mendje një shprehje: Zotit dhe fatit hapi rrugë!
As tri zile nuk shkuan dhe miku iu përgjigj. Pasi u pyetën për gjithçka, Kadri Uv iu lut me përgjërim që i duhej patjetër të fliste me të ëmën për diçka urgjente. Miku i tij as që u mëdysh:
- U nisa, sa ta gjej nënë Aishen, do ta hip në makinë dhe do dal atje ku ka valë, atje do të çoj zile.
"Zoti dhe fati mos ta zënçin rrugën!", e rregulloi shprehjen që i erdhi në mend vetëtimthi. Nuk kaluan as tridhjetë minuta, kur në celularin e tij erdhi zilja. E mbylli, mori telefonin fiks, riformuloi numrin dhe priti me veshë në krahë, sikur të ishte në pritë për të qëlluar mbi një derr të egër. Në zilen e dytë iu përgjigj e ëma, Aisha e Parë, siç do e quante këtej e mbrapa. Pasi e pyeti për shëndetin, i kallëzoi për letrën.
- Po, - i tha e ëma, - e kam parë. Ka fytyrën tënde, nëna e vet i ka vënë emrin tim. Është vajza jote edhe pse nëna s'ka ditë asgjë. E pastë Zoti në dorë, ti këqyr jetën tënde, ndiq yllin tënd, Zoti sheh gjithçka.
- Nënë, shko e shihe sa herë të mundesh. As ty, as asaj s'do t'ju mungojë gjë. Kur të rritet edhe pak, do të mundohem ta marr në Angli. Nënës së Aishes thuaji se unë e njoh atësinë dhe do të bëj gjithçka që asaj dhe Aishës së vogël të mos i mungojë asgjë përjetë. Kur të rritet, Aisha le të zgjedhë vetë se me kë do të jetojë, me babën apo nënën. Nuk e di edhe për sa kohë nuk mund

ta shkel Bullgarinë, por për këtë do flasim njëherë tjetër. Nënë, të dua sa Aishen e vogël! - dhe iu ndal fryma.

Edhe në anën tjetër të telefonit u dëgjua ofshama e nënës. Telefonin e mori shoku, që i tha me humor:

- Bëhu burrë njëherë, si e bën nënën të qajë?
- Ta paça borxh vëlla! Herën e parë që vij, të premtoj se do të sjell një makinë angleze, që nuk pyet për rrugë të këqija.
- Prite zot, çfarë po thua? Ia kemi borxh njëri-tjetrit kaq gjë.
- Jo mor vëlla, s'ia kemi borxh, por ti je biri i zotit, se këtu në Londër, ku jam unë, as shurrën se bën vëllai për vëllain, pa pagesë.
- Mos më lëndo të lutem, jemi vëllezër!

U përshëndetën tri-katër herë dhe mbyllën telefonat. Mori celularin dhe i ra numrit të Xhesikës. Në anën tjetër dëgjoi zërin e koteles së tij, që ia kishte rrëmbyer zemrën vetëm pak ditë pasi kishte filluar punë në hotelin e të atit.

- Aisha do të jetë vajza jonë, unë do të jem i dashuri dhe burri yt, në të mirë e në të keq, deri në vdekje! – i tha Kadri Uv, sikur po bënte formulën e betimit në kishë apo në zyrat e bashkisë.

Çdo muaj, Kadri Uv niste për në Bullgari një mijë paund, gjashtëqind shkonin për Aishen e vogël dhe të ëmën e saj, treqind për Aishen e madhe, nënën e tij, ndërsa njëqind për shokun, që i tërhiqte në zyrat e dërgimit të parave në Velingrad dhe i çonte në Krakovë, ku edhe fliste në telefon gjithmonë me nënën.

Aisha e vogël rritej dhe bëhej përherë e më e bukur, ndërsa e madhja përditë i afrohej fushës që shtrihej pas xhamisë së fshatit, ku prehej prej vitesh burri i saj, babai i Kadri Uv. Kohëve të fundit kishin mbërritur antenat edhe në Krastovë, kështu që, kur flisnin në telefon me të ëmën, ajo merrte edhe Aishen e vogël, e cila shkrihej duke qeshur me të atin, kur i shfaqej në ekranin e vogël të telefonit. Aisha e vogël vishej më hijshëm nga të gjithë fëmijët e fshatit. Shtëpia e nënës së saj, që jetonte vetëm me të ëmën, si edhe shtëpia e gjyshe Aishes, që ishte vetëm tri-katërqind metra më larg, ishin krejtësisht të reja dhe pa dyshim shtëpitë më të bukura të fshatit. Kadri Uv e kishte mbajtur fjalën edhe për shokun e tij në Velingrad dhe ia kishte çuar një "Land Rover" thuajse të ri, që s'e kishte askush në gjithë krahinë edhe pse ai tashmë s'ishte i detyruar të ngjitej deri në Krastovë, si atëherë kur Kadri Uv kishte nevojë të fliste me të ëmën dhe të bijën. Në fshat ishte hapur edhe një "Western Union" dhe paratë i çonte drejt e në fshat, ku i merrte Aisha e Parë dhe i shpërndante sipas porosisë së të birit. Shpesh herë, Kadri Uv dërgonte ndonjë paund edhe për shokët e tij të fëmijërisë, por jo vetëm. Një herë çoi dhjetë mijë paund për shkollën ku ishte bërë drejtor njëri prej shokëve të tij të fëmijërisë. Ai i ankohej që qeveria qendrore as që e kishte ndërmend të interesohej për mirëmbajtjen e shkollës së fshatit dhe gjithë shiu që binte jashtë hynte edhe nëpër klasa, megjithëse i kishte dërguar një duzinë me letra autoriteteve përgjegjëse. Me ato para, çatia e shkollës u bë krejt e re dhe, veç kësaj, u lye dhe u meremetua jashtë dhe brenda. Kjo ngjarje pati jehonë pozitive deri në Sofie, por nuk u prit mirë nga myftiu i fshatit, i cili jo një herë e tha në të falurat e të xhumave: "Xhamia dhe shkolla janë dy vatra që e mbajnë gjallë besimin tek Allahu dhe te dija, kështu që s'duhen ndarë nga njëra-tjetra. Toka lërohet edhe me një ka, por që të prodhojë bereqet për gjithë dimrin e gjatë të Krastovës duhen dy qe. Kush prej jush i lëron tokat me një ka?". Kadri Uv, sa e mori vesh predikimin e myftiut, nuk bëri as një, as dy, veçse nisi dhjetë mijë paund drejt e në llogarinë e xhamisë së Krastovës, që kishte mbi një shekull që ishte ndërtuar me kontributet financiare të stërgjyshit të tij.

Aisha e vogël ndjehej krenare për babën e saj, të cilin s'e kishte takuar kurrë. E ëma asnjëherë s'i kishte thënë një fjalë të keqe për të, edhe pse ata nuk ishin të martuar dhe s'do të martoheshin kurrë bashkë. Askush s'i ishte afruar asaj gruaje as për martesë, as për dashuri, as për flirte. Ajo, edhe pse akoma e re, dukej sikur ishte mbi pesëdhjetë vjeçe; nuk mbahej, vishej me kostumet tradicionale, që tani i vishnin vetëm plakat, edhe pse kishte mundësi financiare të vishej më mirë se të gjitha vajzat e fshatit. I ishte dorëzuar fatit të saj të keq dhe i gëzohej vetëm rritjes së Aishes me gjitha të mirat e botës, që falë Kadri Uv kishin mbërritur edhe në Krastovë.

Kur Aisha mbushi dhjetë vjeç, Kadri Uv mundi t'u nxirrte viza dy Aishave të tij. Për udhëtimin e tyre u kujdes shoku në Velingrad. Ai me Xhesika Xu, babanë e saj, të motrën me gjithë burrë dhe me shumë miq të tjerë, i pritën në aeroportin "Heathrow" me një ceremoni mbresëlënëse. Kur dy Aishet u shfaqën në zonën e lirë të daljeve, shpërthyen duartrokitjet, ndërsa lotët u shuan nga puthjet dhe psherëtimat. Kadri Uv i mori të dyja në krahë dhe gati sa nuk fluturonte nga gëzimi. Për gjashtë muaj nuk la vend pa e çuar të bijën, ndërsa nënës i krijoi një përkujdesje të veçantë shëndetësore. Donte me çdo kusht t'i joshte që të vendosnin të rrinin në Londër. Tash që i kishte aty, e kishte shumë të lehtë t'i pajiste me dokumente të përhershme qëndrimi në Angli. Asnjëra prej Aishave nuk tregonte asnjë shenjë se po yshteshin të rrinin në Londër, ato prisnin thjesht t'u mbaronte afati i vizave, që të mos e lëndonin, e madhja të birin dhe e vogla babin e saj.

Xhesika Xu dhe familja e saj treguan përkushtim

të jashtëzakonshëm për dy Aishet e Kadriut, aq sa mbrëmjeve ia lante këmbët nënës plakë dhe paraditeve dilte me Aishen e vogël nëpër parqe, muzeume, kinema e teatro për fëmijë. Pastaj shkonin bashkë nëpër dyqane dhe i blinte gjithçka që Aisha e vogël dëshironte. Asnjëra s'u dorëzua, donin të ktheheshin me çdo kusht dhe me çdo çmim në Krastovën e tyre. Aisha e I-rë, për të shkuar sa më shpejt tek i shoqi, që prehej në të djathtë të derës së xhamisë, afër të atit, që ishte i vetmi varr që e kishte jo vetëm emrin, por, në kundërshtim me çdo rregull të fesë myslimane, edhe fotografinë dhe një jetëshkrim të shkurtër mbi një pllakë mermeri të kuq. Ai jo vetëm që ishte themeluesi i fshatit, por edhe kontribuuesi i vetëm i ngritjes së xhamisë në një kohë shtrigash, kur myslimanët në Bullgari përndiqeshin sikur të ishin turqit pushtues dhe jo besimtarë të Zotit të një feje tjetër. Ndërsa Aisha e vogël donte me çdo kusht të kthehej te nëna e saj, që e kishte ndalur jetën e vet në moshën shtatëmbëdhjetëvjeçare vetëm për të.

Kadri Uv, vendosmërinë e Aishave për t'u kthyer me çdo kusht, e përjetoi thuajse njëlloj me kohën kur mori letrën me pak rreshta nga nëna e bijës së tij. Tashmë ishte gati tridhjetë vjeç, kishte kryer një shkollë të lartë menaxhimi, kishte biznesin e tij dhe Londra ishte jo thjesht puna e tij, por jeta e tij, ëndrra e realizuar. Ai s'mund ta përsëriste gabimin e stërgjyshit të tij, që për një fe që ia kishin varur në qafë si parzmore hekuri, ta braktiste ëndrrën, jetën dhe të ardhmen. Ndaj as nuk piu uiski, as nuk e shfaqi mërzinë. Shansi për t'u bashkuar me shpirtin e tij të lindur dhe të bërë dhjetë vjeç në Krastovë po i ikte. Në mendje i erdhi një thënie e mësuesit të Xhesika Xu, Konfucit, që më pas ishte bërë edhe mësuesi i tij: "Çdo njeri në tokë e ka një yll të vetin në qiell". Dhe i tha vetes, sikur po i fliste Aishes: "Ndiq yllin tënd, bija ime! Unë do të jem gjithmonë pranë teje!".

    Rruga midis Londrës dhe Krastovës u shkurtua, bile edhe ajo mes Velingradit dhe Krastovës ishte shtruar me asfalt. Aisha e I-rë kishte disa vite që ishte rehatuar pranë të shoqit dhe vjehrrit në krahun e djathtë të xhamisë. Aisha e II-të sapo ishte diplomuar në Universitetin Shtetëror të Sofies për shkenca sociale dhe njëkohësisht ishte dashuruar marrëzisht me Musti M., me të cilin kishin vendosur të martoheshin në verë. Krastova ishte në festë, Krastova kishte dasmë, të gjithë ishin të ftuar në dasmën e Aishës së II-të. Kadri Uv po martonte shpirtin e tij. Përveç gjithë fshatit, në dasmën e Aishës kishte të ftuar nga Londra, Nju Jorku, Hong Kongu, Pekini, Sofia, Velingradi. Në atë dasmë isha i ftuar edhe unë, që u ndjeva aq i respektuar, sa s'mund ta lija pa e shkruar këtë histori zemre.

PUTHJA E DIKURSHME

U ulën përballë njëri-tjetrit në molin e vogël të qytezës. Vitet e fundit, ai vend qe mbushur plot me të zbritur nga malet e Labërisë, kryesisht zonës së Kurveleshit.
Kishin të paktën tridhjetë e pesë vjet që nuk ishin parë. Një puthje në faqe, në pyllin me lajthi, që ndante dy fshatrat e tyre, i kishte mbajtur peng për kaq vite. U këqyrën ngeshëm, ulën sytë dhe prapë bënë të njëjtën gjë. U kalonte një e skuqur nëpër fytyrë sa herë që ndeshnin sytë, sikur ndonjë re perëndimi përflakej mbi ta. Djersa u bulëzonte në ballë e në mjekra. Kamerieri erdhi dy herë. Herën e parë i thanë për një ujë pa gaz, sa të mendoheshin. Herën e dytë porositën pijet e tyre të preferuara, burri kafe dhe fërnet vendi, "nga ai i Durrësit, mundësisht, përndryshe mos e sill fare". Gruaja kafe turke dhe vetëm një gjysmë gote ujë nga i çezmës.
Burri nxori nga xhepi i pasmë një qese duhani dhe nisi të mbështillte një cigare të trashë. Gishtat i dridheshin dhe cigarja, edhe pse u lidh, doli për faqe të zezë.
Gruaja nxori nga çanta lustrafin një paketë "Slims" dhe futi një cigare në gojë. Burri zgjati dorën dhe ia ndezi, pastaj edhe të vetën. E thithi nja dy herë, sikur të kishte vite që nuk ëndërronte gjë tjetër. Letra e cigares

së zhubrosur u dogj gati deri në gjysmë. E shkundi në dysheme dhe e vuri në shpuzoren në mes të tavolinës. Takimin e kishin lënë në orën më të papërshtatshme të mundshme, fiks dymbëdhjetë, pikërisht atëherë kur rrezet e diellit përvëlonin dhe derdheshin pingul. Hija e njeriut i ngjante përmasave të bythëve apo të kokës, varej se kush kishte përmasa më të mëdha. Pika e ditës. Pas fjalëve "Si je?", që i tha burri, "Mirë, po ti?", të gruas, u thanë edhe dy fjali të tjera: "Sa paske ndryshuar!", tha burri, "Edhe ti", iu përgjigj ajo. Biseda ngriu. Mes tyre ngrihej tymi i cigareve të vendosura në shpuzore simetrikisht në mes të tavolinës katrore. Avulli i kafeve kishte zbritur thellë në gojët e tyre dhe ndoshta tani kishte mbërritur në zgavrat e stomakëve e po përpunohej që të prodhonte ndonjë gaz, që mund të çlirohej apo dëgjohej më vonë.

Si për ta prishur këtë qetësi, burri mori gishtin tregues të dorës së majtë dhe e rrasi në vrimën e djathtë të hundës së tij leshtore, nxori prej andej disa kore qurrash të thata dhe i bashkoi me gishtin e madh të po së njëjtës dorë. Nisi t'i rrotullonte gishtat ngjashëm me rrotat prej guri të mullirit dhe koret e trasha u shndërruan në kokrriza të vogla si miell peshku. Pa një herë gruan përballë; ajo i kishte ulur sytë përdhe. I rrotulloi sytë anash, askush nuk ishte në kafen e molit në atë orë. Të dy gishtat e dorës së majtë, atë të madhin dhe treguesin, ashtu të ngjitur me njëri-tjetrin i shkundi në gojë. Pasi e rrotulloi gjuhën nëpër qiellzë të gojës, iu duk sikur kishte përbirë pluhur sheqeri. Fytyra e gruas u bë flakë e kuqe, pasi nga bythët e saj të llurbëta doli një tingull i lëngshëm, që vinte era e një kokteji të çuditshëm, erë pordhe e djersitur, marinuar me parfume të lirë, që shiteshin nëpër cepa rrugësh.

Si për ta çuar poshtë turpin, në të njëjtën kohë zgjatën duart drejt shpuzores dhe morën secili cigaret e veta, që digjeshin të lumtura nga mungesa e trazimit prej buzëve të pirësve të tyre. I thithën thellë, shtëllungat e tymit e bënë edhe më të largët distancën mes tyre.

Nuk i hoqën cigaret nga goja derisa burrin e dogji, ndërsa gruas i mbeti filtri i fikur mes buzëve, që kullonin nga buzëkuqi i blerë ndoshta në të njëjtin vend ku kishte blerë edhe parfumin. I kthyen ato dy viktima-bishta cigaresh në shpuzore, si kufi i trishtë midis tyre. Nuk qe nevoja t'i fiknin, ishin shuar.

Burri e çoi me fund një gisht fërnet nga ai i Durrësit, ndërsa gruaja e hurpi llumin e kafes turke. Të dy me buzë të zeza. E panë njëri-tjetrin në birë të gojës. Gruaja e mori guximin dhe foli e para:

"Më solli në këtë takim ai pylli me lajthia që ndante dikur dy fshatrat tona".

As burri nuk vonoi: "Ndërsa mua më solli në këtë takim ai lamashi i Fejsbukut, që i rraftë një mortje atje ku është në Amerikë!".

Burri e futi dorën në xhepin e pasmë e nxori prej aty një portofol të vuajtur, prej nga tërhoqi një kartëmonedhë dyqindlekëshe. E ngjiti poshtë shpuzores ku dergjeshin dy bythët e cigareve të pira pa kurrfarë dëshire. Ikën pa u prekur...

Ksamil, 30 gusht 2018

AI DHE UNË

Ai- Si e ke emrin?
Unë- Bislim.
Ai- Myslim!
Unë- Bislim.
Ai- E ngatërrova "m"-në me "b"-në.
Unë- E vetmja lidhje midis këtyre dy shkronjave është që janë bashkëtingëllore.
Ai- Po bën shaka.
Unë- Jo.
Ai- Domethënë, emri juaj është Byslim.
Unë- Bislim, me "i" iriqi, jo me "y" ylli. Edhe "i"-ja me "y"-në kanë po aq lidhje me njëra-tjetrën sa ç'kishin "b"-ja me "m"-në, me një ndryshim të vogël: këto janë zanore dhe jo bashkëtingëllore.
Ai- Qenke shakaxhi i madh.
Unë- Me raste edhe jam, por sot jam shumë serioz, sepse s'kam asnjë minutë kohë për të humbur.
Ai- Hë se mbaruam, tani e kuptova, emri juaj i saktë është Bislim.
Pohoj me kokë si europianët.
Ai- Pse, po tani ku gabova?
Unë- Nuk gabove zotëri, në rregull është, ashtu siç e

shënove mbi letër.
Ai- Po pse e mohove me kokë?
Unë- Shenja që bëra unë zotëri është pohuese.
Ai- Europiançe.
Unë- Jo po suljotçe.
Ai- Qenke me të vërtetë shakaxhi i madh, por edhe i zgjuar: nga ta tha truri që jam suliot?
Unë- Të thashë që s'kam kohë për logje, në mënyrë të veçantë sot, kështu që jepi, mbaro punë, të lutem.
Ai- Ama emrin e kishe të ngatërruar, mos e moho.
Unë- Si e ke emrin zotëri?
Ai- Koço, të thjeshtë fare.
Unë- E di si shqiptohet emri yt.
Ai- Po e di.
Unë- Jo ore...
Ai- Hë de, ma thuaj ti se qenke me të vërtetë shakaxhi i madh.
Unë- "Bole kandari", ashtu edhe shkruhet.
Ai- Po më fyen, ç'të bëj që jam në karrigen e shtetit, se do ta ktheja me të njëjtën mënyrë.

Unë- E ke gabim që më paragjykon, emri yt është i rëndësishëm, ka peshë, bart kuptim, është simbolik, "bolja e kandarit" është elementi thelbësor i instrumentit të matjes, përcaktuesi i drejtësisë në matjen e produkteve, rregulli midis shitësit dhe blerësit, aq sa peshon, aq paguan.

Ai- S'e dija që kam emër kaq të ndërlikuar dhe të rëndësishëm.

Unë- Ik mëso shqipen, të paktën atë letraren. Dhe të jap fjalën se, në qoftë se do të kthehem ndonjëherë në Shqipëri, edhe po qe se do jesh në pension, do të kërkoj e do të gjej ku të jesh dhe do ma thuash vetë që as nuk u talla, as nuk të fyeva.

ATA ISHIN PESË

Në krye të herës ata kishin menduar që i kishte bashkuar me njëri-tjetrin rastësia, por shumë shpejt u bindëm se asgjë e rastësishme nuk mund të ndodhë në planetin Tokë, bile as në univers, lëre më në "botën" e tyre të vogël. Që të pestë kishin fe të ndryshme, edhe pse para disa vitesh as që u kishte interesuar dhe madje ndonjëri prej tyre as që e kishte ditur se çfarë është besimi fetar dhe feja.

I Pari ishte mysliman, I Dyti katolik ortodoks, I Treti katolik roman, I Katërti ishte bektashi dhe I Pesti e luante bythën sa tek ateizmi sa te Marksizëm-Leninizmi, nganjëherë hiqej si i pa angazhuar, herë-herë bëhej enverist, por, në më të shumtën e kohës, ishte një mut muti, që nuk besonte në asgjë, bile-bile as në veten e tij.

Ishin njohur në rrethana të ndryshme dhe jo të gjithë njëherësh, por jeta i kishte bashkuar në kapërcyell të shekullit të ri. Në të njëjtin qytet, në një kohë, që të pestë e kishin gjetur veten gafil dhe pa kurrfarë të ardhmeje për t'i mbijetuar sistemit që po lindte me dhe pa dashjen e tyre.

***

I Pari është një ish-oficer sigurimi, i dekonspiruar me

dy duart e këputura poshtë bërrylave. I kishte humbur në një aksion për arrestimin e një personi shumë të kërkuar për veprimtari antikomuniste, i cili ishte fshehur në një shpellë karstike në malet e larta, bash në majë të republikës. I Pari në këtë aksion kishte rol kyç, ishte shefi i operacionit për kapjen e armikut të popullit, të gjallë ose të vdekur. Pasi kishin rrethuar shpellën, I Pari ishte ulur në grykë të guvës, që i ngjante një goje ujku të uritur. I sigurt në arritjen e rezultatit kishte ndezur llullën, që rrallë e hiqte nga goja, dhe e kishte thithur dy a tri herë, duke e tufatur tymin shtëllunga-shtëllunga drejt shpellës, si të qe duke zënë shqarra. Pastaj e kishte hequr nga goja me dorën e majtë dhe me të djathtën ia kishte hequr siguresën granatës që do hidhte në shpellë, që sipas mendjes së tij do ta bënte copë-copë armikun e popullit, fshehur në labirintet e guvës karstike. Aksidentalisht, oficeri i sigurimit kishte ngatërruar duart dhe në shpellë kishte hedhur llullën, ndërsa granata e kishte dhënë plotësisht rezultatin. Armiku i popullit ia kishte dalë të arratisej, ndërsa, I Pari, oficeri i sigurimit të shtetit, kishte humbur dy duart dhe njërin sy. Fytyra e tij, pas asaj dite tragjike, ngjante me një kapak pusete të ndryshkur.

I Pari, pas këtij aksidenti tragjik, përveç duarve dhe njërit sy, humbi punën dhe në të njëjtën kohë edhe besimin e partisë dhe të shtetit.

***

I Dyti ishte një klerik i përvuajtur ortodoks, i rekrutuar në rininë e tij të hershme nga I Pari, si bashkëpunëtor i sigurimit të shtetit. Rekrutimin e kishte pranuar pa ndonjë presion të madh, me idenë që po jepte ndihmën e tij për forcimin e shtetit. Donte që "Shqipëria të ishte shkëmb graniti buzë Adriatikut", shprehje të cilën e kishte lexuar në gazetën që fliste në emër të popullit. Por kur i kishin kërkuar informata dhe bashkëpunime të ndryshme në plotësim të misionit si bashkëpunëtor i sigurimit të shtetit, kishte pësuar një zhgënjim depresionues. Në arsyetimin e tij gjysmak, kishte pranuar si me gjysmë zemre se asnjë prej informatave apo shërbimeve që i kërkoheshin nga I Pari nuk shkonin në interes të forcimit të atdheut. Përkundrazi, ato e zvogëlonin dhe e reduktonin njeriun e tij në një mi kanalesh. Që prej atëherë, I Dyti u betua para vetes dhe Zotit, të cilin nuk ia njihte më as qeveria e tij me kushtetutë, se nuk do ti bënte askujt keq me shërbimet dhe informacionet që i kërkoheshin nga I Pari edhe sikur t'ia sharronin kockat. Dhe veç kësaj, do ta urrente në heshtje dhe fshehtësi të plotë regjimin, që po forcohej përditë në dëm të qytetarëve të tij.

***

I Treti, të cilin e cekëm qysh në fillim që i përkiste besimit kristian, por ndryshe nga I Dyti, ky i besonte Kishës së Romës dhe jo asaj të Kostandinopojës, ishte një burrë i gjatë dhe i hollë sa një ah. Pa harruar se njëzetë vjetët e burgut nëpër kampet e tmerrshme të Atdheut kishin lënë gjurmë të zëshme në shëndetin e tij, I Treti kishte një kollë të thatë, që, kur e zinte, zorrë dhe mushkëri i ngjiteshin në krye. Fatkeqësisht, kolla ishte e shpeshtë dhe ritmike. Në spital i kishin thënë që është kollë alergjike e pashërueshme. Qe pajtuar me arsyetimin e doktorëve edhe pse kishte dyshime të justifikuara që nuk ishte e vërtetë. Burgun, I Treti e kishte bërë për politikë, anipse asnjëherë s'qe fort i bindur se çfarë politike të gabuar kishte bërë. Thjesht i qe dukur që drejtuesit e ri të katundit po ia fusnin kot së koti dhe po u binin në qafë njerëzve pa kurrfarë arsyeje. Që kjo ishte politikë e mësoi pasi i bëri njëzetë vjet burg në kampet më të tmerrshme të atdheut. Kur doli, autoritetet e burgut i dhanë një letër ku shkruhej që për pesë vjet do të ishte i detyruar të jetonte dhe banonte si i internuar në Qytetin Stalin, një qytezë naftëtarësh diku poshtë gjysmës së vendit. Para se të nisej për në qytezën, që mbante emrin e Stalinit, u gjet i ulur në një kafe me tridhjetë lekë të vjetër në xhep, para një gote fërneti dhe një kafeje të zezë, që i ngjanin si dy pika uji jetës së tij. Atë ditë, I Treti i qe betuar vetes dhe Zotit, njëlloj si I Dyti, por në sens të kundërt, që nuk do të merrej më me politikë dhe nuk do të kthehej më në Dukagjin, prej nga e kishte fituar dënimin prej njëzetë e pesë vjetësh, njëzetë prej të cilave i kishte kryer kokërr më kokërr. Duke qenë njeri pa njeri, të vetmit miq kishte klerikun e degraduar dhe ish-oficerin e sigurimit, invalid, por që, për të zezën e tij, kishte humbur, siç e përmenda në krye të herës, edhe besimin e partisë dhe të pushtetit. Njëlloj si I Dyti, edhe I Treti, ish-oficeri, qe betuar para vetes dhe Zotit që s'do ta rruante më as për partinë, as për pushtetin.

***

I Katërti kishte qenë oficer ushtrie, i profilit artiljer. Kishte mbaruar studimet me të gjitha dhjeta edhe pse pa asnjë dëshirë. Në shkollën e oficerëve kishte përfunduar për tekat e kohës; meqenëse e motra e tij, një vit më parë, kishte fituar të drejtën e studimit për mjekësi, të vëllanë e kishin çuar për ushtri. Logjikë leshi, kishte menduar I Katërti aso kohe, por megjithatë iu qe përveshur mësimeve dhe ushtrimeve fizike si një spartan i vërtetë, me parimin "ku të ketë nevojë Atdheu, aty do t'i përgjigjemi". Sapo kishte mbaruar Shkollën e Lartë të Oficerëve, e kishin emëruar në repartin ushtarak nr. 9200, në veri të vendit, në Malin e Dobreit, tridhjetë kilometra në lindje të Bajram Currit, ku ishte vendosur një bazë ushtarake kundërajrore me topa "obuz". Thuhej që kishte edhe raketa "skud", por kjo u vërtetua që ishte një rrenë me bisht vetëm në vitin 1997, kohë kur njerëzit e tërbuar i morën topat, tanket, mitralozat, kallashët, granatat dhe bombat nga depot e ushtrisë dhe i çuan nëpër shtëpitë e tyre. I Katërti shumë shpejt ra në depresion; rezultatet e tij të larta në shkollë kishin shkuar për lesh. Një herë në muaj mund të vinte deri në qytezën e vogël ku pinte fërnet, dehej e bëhej bythë nëpër lokalet e ftohta të qytezës malore. Për pak kohë u lidh me njërën prej kamiereve të Hotel Turizmit. Kjo lidhje ia ndryshoi krejt rrjedhën e jetës, por fatkeqësisht për keq. Pasi një natë u gjet i rrahur për vdekje në mes të fushës së basketbollit në stadiumin e lojërave me dorë. Policia lokale mbylli njërin sy dhe ia lanë fajin rakisë, por gjithë qyteza e vogël e dinte që oficerin e repartit nr. 9200 të Dobreit e kishte rrahur i forti i qytetit, i cili ishte dashnori legal i kamieres së turizmit. I forti i qytetit këtë mund ta bënte me këdo në qytet, pasi ai thuhej se ishte mik me kryetarin e Degës së Punëve të Brendshme. Aq shumë e kishte rrahur, sa I Katërti u betua para vetes dhe Zotit se nuk do t'i shkonte mendja për pidh kurrë më në jetën e tij. Aty për aty kishte vendosur, pasi kishte menduar se "për bythë as të rreh, as të denoncon kush; u vjen turp shqiptarëve të thonë: më ka qi në bythë filani". Me këtë logjikë bëri betimin që do të bëhej homoseksual aktiv. Hyri kështu në botën e homoseksualizmit. Sikur t'mos mjaftonte ky hap, I Katërti s'u ndal me kaq. Vendosi që në mënyrë të fshehtë, por me zell, t'i futej fesë bektashiane. Kishte lexuar diku tërthorazi që oficerët jeniçer, trupat elitë të osmanlinjve ishin të parët që u rekrutuan në këtë fe dhe iu përveshën punës për zhbërjen e perandorisë osmane. Pse të mos hakmerrej edhe I Katërti ndaj perandorisë komuniste, që po ia nxinte jetën pa asnjë arsye e pa asnjë faj? Këto vendime, I Katërti i mori në spitalin e qytetit. U pajtua me raportin e policisë, sipas së cilës qe rrëzuar nga telat e stadiumit dhe ishte rrokullisur deri poshtë në fushë, pasi sasia e alkoolit që kishte konsumuar ia kishte humbur ekuilibrin dhe mendjen.

S'mbet kush pa e marrë vesh se çka i kishte ndodhur oficerit të repartit nr. 9200 të Dobreit, aq sa edhe ajo mut qyteze që shërbeu për pak kohë si ishull qetësie iu bë verem. Pas vendimeve që kishte marrë, filloi të ndërtonte edhe strategjinë e realizimit të tyre. Për të parën e kishte të lehtë: dyqind ushtarë rekrutë, që shkëmbeheshin çdo dy vjet në moshën nga tetëmbëdhjetë deri në njëzet apo njëzet e dy vjeç, ishin një harem i hareshëm për realizimin e planeve dhe zotimeve të tij. Rekrutët ishin nga të gjitha trevat e atdheut; për dhjetë ditë leje kush nuk ta lëshonte bythën në atë birë dreqi, ku u duhej të kalonin njëzetë e katër muajt e rinisë së tyre të parë - mendonte I Katërti. Vendimi i dytë ishte delikat dhe me risk. Feja ndalohej me ligj, institucionet e fesë mungonin ose ishin shkatërruar me rrënjë, literatura gjithashtu mungonte. Por, një dritë, ndoshta drita e Zotit u shfaq në mendjen oficerit. Gjakova, qyteti ku feja e bektashinjve dhe homoseksualizmi bashkëjetonin në mënyrën më harmonike të mundshme këtu e pesëqind vjet, ishte porta ku mund ta takonte fenë e tij të re. Kush e ndalonte oficerin e repartit nr. 9200 të Dobreit të kalonte kufirin dhe të shkonte në teqenë më të vjetër dhe më të madhe të Rumelisë, në teqenë Saadi Tarikat, që ishte jo më shumë se njëzetë kilometra larg repartit të tij apo, më afër akoma, në teqenë Sheh Eminit, Sheh Banit, Sheh Danjollit apo edhe në atë të Sheh Ali Babës? Askush, bile ai mund ta merrte edhe armën e shërbimit me vete, për çdo të papritur, po pse jo, I Katërti mund të rekrutonte edhe ndonjë ushtar-dylber e ta merrte me vete, jo vetëm për muhabete rruge, por edhe për siguri. Plani i ngjau perfekt dhe, sapo u çlirua nga dhimbjet e të rrahurës, u ngjit plot energji në repart, ku filloi përzgjedhjen e kuçkave të tij. Dy vjet pasi kishte bërë kërdinë në repart dhe e kishte shkelur kufirin nja njëzet apo tridhjetë herë për të vizituar teqetë e Gjakovës, një njësit i policisë kufitare i bëri thirrje të ndalonte dhe të kthehej, përndryshe do ta qëllonin. I Katërti, bashkë me një ushtar-dylber, kishte kaluar në kufirin e Jugosllavisë së atëhershme. Ai nuk iu bind urdhrit të ushtarëve të kufirit dhe, për pasojë, tri breshëri kallashnikovi u derdhën mbi trupin e tij dhe të ushtarit-dylber. Njësiti u fut në tokën e huaj dhe i tërhoqi dy trupat e mbuluar me gjak. Ushtari-dylber vdiq në vend, oficeri kishte marrë gjashtë plumba në bark dhe dy a tre në bythë. Koqet dhe organi gjenital i kishin shpëtuar për mrekulli. Incidenti mes shteteve u zgjidh pa bujë dhe me kompromis, siç kishte ndodhur gjithmonë në favor të palës tonë kur nuk prekeshin interesat jugosllavë. Jugosllavët pranuan që incidenti me armë është bërë në tokën tonë dhe ka qenë një rebelim i çastit midis forcave të ushtrisë me ato të kufirit. Tanët pranuan rebelimin mes reparteve tona të mbrojtjes dhe kufirit dhe ata pranuan që nuk ka ndodhur në tokën e tyre. Kaq.

Ky fakt i shënuar në procesverbal e ndihmoi oficerin. Do të dënohej jo për tentativë arratisjeje e tradhti të lartë ndaj atdheut, por për shkelje të disiplinës dhe rregulloreve ushtarake, siç do të dënoheshin edhe tre ushtarët e njësitit që zbatoi rregulloren. Ndërsa ushtari-dylber u varros me nderime si i rënë në krye të detyrës, në fshatin e tij të lindjes, që shtrihej pak kilometra nga Shkëmbi i Kavajës. I Katërti, pas dy vjetësh burg, u kthye në vendlindje, në qytetin që s'donte dhe nuk guxonte t'ia shqiptonte emrin e ri që i kishin vënë ata që ia përzien jetën. Betimeve që kishte marrë para vetes dhe Zotit në momentin që kishte hequr përjetësisht dorë nga pidhi, u kishte mbetur besnik, donte me gjithë shpirt ta rrëzonte perandorinë komuniste dhe herë pas here, në turnin e tretë në rafinerinë e përpunimit të naftës, ia valonte bythën ndonjë hallexhiu të ardhur nga fshatrat mbi dhe poshtë Shkumbinit. I Katërti kishte një respekt absolut për të Tretin, për vuajtjen e tij, për personalitetin e tij të spikatur, për gjithçka të tijën. Por kur i kujtohej ajo rrahja e llahtarshme nga gangsteri më i madh i qytetit verior, vetëm për një kurvë që e kishte qi gjysma e qytetit, jo vetëm që nuk e adhuronte, por i mbushej mendja ta vriste në shenjë hakmarrjeje. Ndoshta ishte trupi i tij sa një ah që ia ngjallte këtë ndjesi të egër hakmarrjeje. I Katërti asnjëherë s'qe i sigurt nëse e urrente apo e adhuronte të Tretin.

***

I Pesti nuk mund të them që është i shëmtuar, por kurrsesi s'guxoj të pohoj që është i pashëm. Ai e ka të vështirë ta kujtojë emrin e gjyshit të tij nga baba apo nga e ëma. Nuk është as mesatar, as më pak, është pak a shumë as mish, as peshk, as kërmill, as bretkosë. Pas shkollës së mesme bujqësore kishte punuar për disa kohë brigadier foragjeresh në një kooperativë të tipit të lartë në Myzeqe, ku i kishte dalë zëri si kurvar profesionist. Servil me eprorët, arrogant e diktatorë me vartësit, ia kishte arritur t'u hynte në qejf drejtuesve të kooperativës, të cilëve u çonte zogëza të reja për t'i shkokëluar. Barkmëdhenjtë e partisë dhe të pushtetit, deri në qendër të qytetit të bukës, ishin të kënaqur me shërbimet që ua afronte I Pesti. Aq i kishte lezetuar, sa e kishin çuar në një kurs gjashtëmujor për drejtimin e qendrave kulturore, që në kohën e revolucionit kulturor kinez u bënë moto e zhvillimit të vendit. Në kuadër të këtij entuziazmi, I Pesti shkoi në kursin për "drejtues kulture" të kësaj shkolle "Made in China", e cila ishte vendosur në rrëzë të kombinatit ushqimor "Ali Kelmendi", lagjja hyrëse në kofshën e majtë të Tiranës. Aty, I Pesti ra në dashuri për herë të parë në jetën e tij, zgjodhi gruan e jetës, që do të ishte edhe tersi i jetës së tij. Vajza me të cilën ra në dashuri ishte perri nga pamja, por edhe qejfleshë sa s'bëhet, njëlloj si I Pesti. Dy javë pasi mbaruan kursin për "drejtues kulture", ata u martuan. Në dasmë ishin të ftuar të gjithë drejtuesit e partisë dhe të pushtetit, jo vetëm të kooperativës ku jetonte I Pesti, por edhe të "qytetit të bukës", në zemër të Myzeqesë. Nusja shkëlqeu. Të nesërmen e dasmës, të dy morën emërime si drejtues "Vatrash kulturore" në dy qendra kooperativash të tipit të lartë. I Pesti hoqi dorë përfundimisht nga kurvëria, ndoshta filloi t'i vinte era njeri, por nuk ndodhi e njëjta gjë me të shoqen e tij të bukur. Një ditë pranvere, I Pesti shkoi ta marrë gruan në punë, por e gjeti lakuriq poshtë Sekretarit të Partisë së kooperativës së tipit të lartë, ku ajo ishte drejtoreshë e "Vatrës së Kulturës". U kacafyt me të dhe e ndoqi deri te dritarja e hapur, ku, duke u shtyrë me njëri-tjetrin, Sekretari i Partisë u rrokullis e ra nga kati i dytë drejt e me majë të kaptinës mbi betonin e oborrit të "Vatrës së Kulturës". Vdiq në vend dhe krejtësisht cullak. Dy vija gjaku të errëta krijuan rrëke, që buronin prej kokës së shembur përreth trupit, më pas përbironin poshtë kofshëve të varura dhe ishin bashkuar në një pellg të vogël, bash aty ku gjendej i varur karuci bajagi i majmë edhe pse tashmë jo vetëm i ulur, por edhe i vdekur i Sekretarit të Partisë. I Pesti dhe gruaja e tij, gjithashtu lakuriq, kishin mbetur të varur në dritare si skulptura të ngrira me fytyra të çartura dhe të lemerisura. Ndërsa në oborrin e "Vatrës së Kulturës" tashmë kishin mbërritur dy-treqind punonjës të kooperativës, të cilët kishin krijuar një ovale me krena të varur. Me këtë zhvillim, "Revolucioni kulturor kinez" e kishte dhënë maksimumin e vet, do të thoshte mendja e tharë e të Pestit, po të kishte mundësi të mendonte në ato çaste tragjike. Këtu mori fund lavdia akoma e pashfaqur e të Pestit. Ai nuk u betua askund, as para vetes, as para Zotit, sepse s'kishte forcë karakteri të betohej për asgjë. Mallkoi karucin e vet për atë lavdi të përkohshme, që iu shpërblye me turp. Ishte po ai organ, në të cilin kishte varur shpresat e karrierës, që ia ndali dritën dhe lavdinë përgjithmonë. I turpëruar dhe i mallkuar, u arratis nga fshati dhe u sistemua në qytetin e naftëtarëve, që kishte marrë emrin e diktatorit Stalin. Ngjarja, edhe pse u mor vesh nga gjithë njerëzia, për të mos i nxjerrë bojën partisë, u mbyllë pa precedent penal. Bile thonë që, kur u varros Sekretari i Partisë në një fshat të Labërisë, ku e kishte akoma familjen, e shoqja e vajtonte "Vdiqe siç të desh partia oiii, oiii, oiii. Vdiqe siç të desh familja oiii, oiii, oiii. Uroj të të ngjajnë fëmija oiii, oiii, ooiii".

***

I Pesti njihej me të Katërtin, sepse ndanin të njëjtin hotel beqarësh në Qytetin Stalin, siç edhe i Katërti me të Tretin, po ashtu edhe i Treti me të Dytin dhe i Dyti me të Parin. Fatet e tyre mizore, tragjike, të liga, heroike, perverse, i kishin bashkuar në atë qytet me nëntokë të bekuar, që kishte marrë emrin e djallit gjeorgjian.

GOLFI ME KRAHË TË SHKURTËR

Si sot më kujtohet gëzimi i nënës kur u kthye në shtëpi me një thes plastmasi të bardhë në krah, të mbushur plot me tufa penjsh ngjyrë mjalti. Ndoshta gabohem, por me sa mbaj mend, qenë dymbëdhjetë. Qenë të gjatë sa pëllëmba e babait, njësi matëse e njohur për shumë arsye në shtëpinë tonë, dhe të ndara në mes me një fjongo letre, ku shkruhej ngjyra, gramatura, çmimi, dhe emri i kombinatit që i kishte prodhuar. Ky i fundit spikaste prej shkronjave kapitale dhe shumë më të mëdha se të dhënat e tjera: PRODHUAR NGA KOMBINATI I TEKSTILEVE STALIN, Tiranë. Nëna do të bënte triko për tre djemtë e saj. Nuk e fshihte gëzimin, por edhe frikën dhe makthin se çfarë do t'i thoshte babai për këtë shpenzim kapital, në një kohë që me pesëmbëdhjetëditëshin e babait do ta kishim të vështirë, në mos të pamundur, ta mbyllnim dyjavëshin e ardhshëm pa borxhe. Vëllai i madh, më së shumti, nuk gjendej në shtëpi; kishte shoqëri të zgjeruar, por unë dhe i dyti u kënaqëm shumë. Gati i shqepëm letrat që i lidhnin tufat e penjve të kombinatit për trikot me të cilat do të shkonim në shkollë më 1 Shtator. Ngjanim si dy maçokë të vegjël, duke lozur me tufat e penjve. Nëna, si një mace e lumtur, na kundronte nga lart gjithë kënaqësi.

Papritur ra zilja e derës. Ora tregonte se mund të ishte babai. Ai ishte. Nëna u bë vjeshtë në fytyrë, por ne nuk e prishëm lojën. Baba, kur pa gëzimin tonë dhe fytyrën e vrantë të nënës, qeshi dhe u bashkua me lojën tonë, bash si të ishte një maçok me mustaqe, çka e bëri nënën me krahë.

Në darkë, nëna na pyeti si i donim trikot. Vëllai i madh foli i pari: "Unë e dua me zemër apo me jakë V". Ne të dy qeshëm dhe thamë njëherësh: "Vëllai ynë ka ra në dashuri". Vëllai i dytë tha: "Unë e dua gjysmë golf". Unë s'dija ç'të zgjidhja dhe thashë "Unë e dua golf". Dhe kështu u vendos.

Nëna të nesërmen solli një litar të bardhë, që shkëlqente si bora në Shkëlzen. Na tha se ishte litar anijesh, ia kishte dhënë një shoqe nga Durrësi. E njihnim atë grua, ishte e martuar me një burrë nga fisi i babës. Edhe ai send vezullues na u duk si lodër e bukur. Bëmë tërheqje litari, derisa shuplakat e duarve filluan t'u ngjanin gogozhareve të regjura.

Nëna iu fut punës me litarin; në fillim e ndau në fije të trasha, pastaj akoma më të holla, e tori e drodhi derisa e bëri pe, të cilin më pas e mblodhi guzhëm në lëmshe të vegjël. Kur e pyeta se çfarë i duheshin, ajo u mundua të ma shpjegonte thjeshtë.

- Duheshin pesëmbëdhjetë tuba penjsh kombinati për tri trikot tuaja, por nuk kishte më dhe tani më duhet të shtoj nga ky pe i bardhë që t'i mbaroj.

Mendova që nënës nuk i kishin mjaftuar lekët për t'i blerë tufat e penjve që i duheshin. Por nëna s'fliste për para, ndaj as unë s'e pyeta më.

E nisi punën me trikon me jakë në formë "V"-je të vëllait të madh. Shtizat i rrëshqisnin nëpër gishta sikur po shkruante mbi një makinë shkrimi apo sikur po hidhte nota mbi një pentagram. Në fillim bëri pjesën e përparme dhe kur iu afrua gjoksit filloi të përdorte herë perin e bardhë të litarit të anijeve, herë atë ngjyrë mjalti të kombinatit. Kur e mbaroi pjesën e përparme në gjoks, doli në pah një litar i trashë i spërdredhur me ngjyrë të bardhë mbi fushën ngjyrë mjalti. Aq shumë na pëlqeu sa me zor prisnim që nëna të bënte edhe shpinën, krahët, jakën dhe pastaj t'i qepte me njëra-tjetrën. Pas një jave, trikoja e vëllait të madh u mbarua. Ai e veshi dhe u gëzua aq shumë sa doli nga shtëpia dhe harroi të kthehej. Më kujtohet se kur u kthye dikur vonë pas mesnate, baba i foli aq rëndë saqë ai pati guximin t'i thoshte "Më mirë të më kishe rrahur se të më kishe folur kaq ashpër".

Ndërsa nëna kishte nisur të bënte trikon e vëllait tim të dytë, me jakë "gjysmë golf". Tani asnjërin prej nesh nuk e befasonte më ideja se kur do të fillonte nëna të përdorte perin që kishte përfituar nga zhbërja e litarit të anijeve. Mua në mënyrë të veçantë më gërryente kureshtja se çfarë ojnash kishte ndërmend nëna të bënte me ata penj që shkëlqenin si kurriz peshku nën rrezet e diellit, mbi gjoksin, shpinën dhe krahët e trikos së vëllait tim të dytë. Herë pas here, nëna e hiqte nga qafa fijen dhe ia ngjishte për trup pjesën e mbaruar të trikos. Ndoshta për të marrë masën se kur do t'i duhej të fillonte punën me perin e bardhë. Erdhi edhe ky çast. E pyetëm nënën se çfarë kishte menduar të bënte me perin e litarit të anijeve.

- Nuk jua tregoj! - tha nëna, - veçse kur ta shihni të mbaruar do t'ju pëlqejë.

Vëllai i madh tha se nuk do të donte që nëna të bënte të njëjtin motiv në dy triko. Nëna lëvizi kryet në shenjë mohimi. Të nesërmen në mëngjes gjetëm pranë shtratit pjesën e përparme të trikos, ku shquhej në mes të gjoksit një zemër e madhe dhe brenda saj katër zemra që vinin duke u zvogëluar, të kombinuara me penjtë e kombinatit. Në të dyja anët e zemrës së madhe vinin zemra të ngjashme, të cilat vinin duke u zvogëluar aq sa e katërta që ishte gati nën sqetull ishte afërsisht sa një kokërr are.

Suksesi që pati vëllai i dytë me atë triko të bukur qe i madh. Vetë qyteti i vogël dukej më i bukur kur dy vëllezërit e mi ecnin rrugëve me ato triko të rralla. Unë e prisja timen si dritën e mëngjeseve, por më shumë se trikon imagjinoja fantazinë e nënës time, se çfarë do të më vendoste në gjoksin dhe shpinën e trikos sime, që e kisha zgjedhur të ishte golf.

Ishte radha ime të gëzohesha, ishte koha e trikos time. I shihja duart dhe gishtat e nënës që kërcenin si balerina rreth kërrabëzave që shkonin sa majtas sa djathtas, me një ritëm që ma zinte frymën. Prisja të rritej pjesa e përparme dhe të arrinte deri te gjoksi. I rrija nënës afër dhe për çdo dhjetë minuta i thosha "Mate edhe njëherë, erdhi te gjoksi?".

Mëngjesin kur gjeta pranë shtratit grykoren e trikos s'do ta harroj asnjëherë. Nëna kishte qëndisur me perin e bardhë të litarëve të anijeve katër kristale bore, që dukeshin sikur po shkriheshin në ngjyrën mjaltë të penjve të kombinatit. M'u mbushën sytë me lot nga kënaqësia. Pa dy ditësh nëna mbaroi shpinoren ku shkëlqenin edhe katër kristale të tjera. Fija e bardhë, nxjerrë nga litari i anijeve kishte mbaruar. S'do kishte kristale të tjera në krahët e trikos sime. Por s'po e kuptoja pse nëna e kishte ngadalësuar punën, s'e merrte trikon në dorë, si herë të tjera, sapo kryente punët. Më në fund më tregoi.

- Biri im, s'më dalin penjtë për të bërë krahë të gjatë për trikon tënde! E s'gjenden më askund.

Në zërin e saj kishte ngashërim.

- Po s'ka gjë nanë, bëjë me krahë të shkurtër! - i

thashë aty për aty.

   Golfi im me kristale bore, me krahë të shkurtër pati sukses të jashtëzakonshëm. Kur i shoh sot nëpër sfilata mode në Milano, Romë, Paris, Londër apo Nju Jork golfet zhapone qesh me vete dhe them që nëna ime ka qenë një stiliste e lindur, edhe pse nga halli.

MARKO DHE CECA

Telefoni i Dr. Xhemës ra disa herë. Në anën tjetër, një zë femre, i tronditur, përmes një frymëmarrjeje të shpeshtë, u prezantua:
- Svjetllana Bernabiç! Më falni për këtë orë të vonë, por është më shumë se urgjencë!

Këmbëngulja e Svjetllana Bernabiç në anën tjetër të telefonit e bëri Dr. Xhemën që të vishej dhe të mbathej me shpejtësinë e rrufesë. Në njërën dorë po mbante telefonin e rrasur pas veshit dhe në dorën tjetër çelësat e makinës.
- Për pesë minuta jam në klinikë! - u përgjigj dhe e mbylli telefonin.

Dy makinat e tyre i kryqëzuan dritat në kthesën që të çon në oborrin e klinikës. Makina e saj "BMV X5", ngjyrë vishnje, vinte nga rruga nacionale që vjen nga Bari, ndërsa makina e Dr. Xhemës, "Volsvagen Passat" nga rruga që vjen nga Shkodra.

Të dy zbritën njëkohësisht nga makinat. Fytyra e saj nën dritat e zbehta dukej si një hurmë e pjekur thellë. Ndërsa ai po hapte derën e klinikës, ajo nxori nga sedilja e pasme një kosh të madh, ku shquheshin dy bebe që po kuisnin frikshëm.

Dr. Xhema e ndihmoi zonjën, i shtriu në krevatin e

parë të dhomës së urgjencave; kishin qarë dhe deri rrëzë qafës vijat e lotëve kishin lënë gjurmë. S'mund të ishin me shumë se dy apo tre muajsh, ngjanin si binjakë edhe pse mashkulli ishte çubardhak dhe bebja femër ngjyrë gruri. Dridheshin si dy thupra në ujë, merrnin frymë çrregullt dhe ciatnin si të ishin mbi zjarr. Pasi u bëri nga një injeksion qetësues në vena, i vuri në serum. I ulur në tavolinën e tij të punës hapi bllokun e madh të vizitave dhe nisi ta pyesë zonjën Bernabiç për gjeneralitetet e bebeve.

Ngjyra e saj nuk ishte më si e një hurme të pjekur thellë, ajo tashmë kishte marrë ngjyrën e një limoni. Tiparet e saj ishin fine dhe tregonin se pas asaj çehre të tronditur qëndronte një grua e bukur. Poshtë fytyrës ngjyrë limoni varej një qafë e lëmuar si gastare birre, prej nga derdheshin dy gjinjtë si dy molla të shartuara me ftoj, që duan t'i shkëputen degëve e të zbresin në prehrin e saj, ku kryqëzoheshin shalët si degë plepi të bardha. Dr. Xhemës nuk mund t'i shpëtonin këto detaje edhe pse meraku i tij ishte tek shëndeti i bebeve.

Bebet ishin binjake, katërmuajshe, mashkulli e kishte emrin Marko dhe bebja femër Ceca. Svjetllana pyeti nëse kishte ndonjë hotel afër klinikës. I tregoi që përballë klinikës gjendej një hotel me tre yje, i qetë, i pastër dhe me çmim të arsyeshëm. Për Markon dhe Cecen do të kujdesej doktori dhe ajo mund të vinte të nesërmen në mëngjes, pas orës nëntë për t'i parë.

Të nesërmen, Marko dhe Ceca kishin temperaturë dhe një infeksion u ishte përhapur në pjesën më të madhe të barkut. Svjetllana Bernabiç iku dhe la një numër telefoni, me premtimin që do të kthehej e shumta për dy ose tri ditë. Ndërsa Marko dhe Ceca pas një trajtimi intensiv me antibiotik venoz e morën veten. Nisën të ushqeheshin normalisht. Telefoni i Svjetllana Bernbiçit nuk u përgjigj asnjëherë, gjithmonë e njëjta përgjigje "Telecom Cerna Gora, Na trazeni broj se ne moze obgovoriti, al içe biti obavesteni o vasem pozivu".

Pas një jave, Dr. Xhema u paraqit në policinë lokale, denoncoi rastin e braktisjes së bebeve Marko dhe Ceca nga shtetësja Svjetllana Bernabiç. Pas disa ditësh i erdhi një përgjigje nga policia lokale, ku njoftohej se Svjetllana Bernabiç kishte shtetësinë e Zelandës së Re dhe prej disa ditësh kishte lënë Malin e Zi. Pasi e lexoi letrën e policisë, i shpërtheu një valë zemërimi.

- Asnjë meçkë rruge s'i braktis kështu këlyshët e vet! Mirë që i solli në spital të paktën!

Rutina e përditshmërisë e vuri përpara. Pa asnjë shpresë për zgjidhje, gjithsesi Dr. Xhema i shkruajti një letër të gjatë Agjensionit Kombëtar, në të cilën përshkroi me detaje shpenzimet që kishte bërë për trajtimin e bebeve të sëmura, si dhe për kohën që po kalonin në klinikën e tij private. Pasi e përfundoi, u bëri foto Markos dhe Cecës, i printoi me ngjyra dhe ia bashkëngjiti letrës.

Kaluan muaj dhe asnjë përgjigje nuk erdhi nga Agjensioni Kombëtar. Për Markon dhe Cecën mbërritën kërkesa birësimi nga ambasadat e vendeve të BE-së në Podgoricë, por Dr. Xhema iu përgjigj me mirësjellje, duke refuzuar me delikatesë birësimin. I lidhur shumë me binjakët, vendosi t'i rrisë e të kujdeset vetë. Marko dhe Ceca, këta këlysh të vegjël lozonjarë, me qime vezulluese, shihen shpesh e më shpesh në shoqërinë e Dr. Xhemës në xhiron e darkës në Malla Plazha.

ULQIN, më 23 gusht 2019

MASAZHI

Kishte shpresë, por aspak besim. Ora i lidhi akrepat në formën e gojës së ujkut të uritur. Ishte tetë fiks. Qelia ku kishte qëndruar për disa vite ishte e para, në krahun e djathtë dhe mbante nr.1. Pikërisht në orën tetë, gardiani i shërbimit kalonte qeli më qeli, me qëllim verifikimin e gjendjes shëndetësore dhe psikologjike të të burgosurve, u komunikonte planin ditor, shpërndante postën për ata pak fatlum të cilëve u kishte mbetur dikush për t'u shkruar. Dritarja e vogël e derës së hekurt të Glauk M., pas krrokamës metalike të çelësave u hap. Përveç dritës së ndriçuesve të fortë të korridorit të ngushtë solli edhe zërin e ngrohtë e melodioz të gardianit A.B.

- Herr Glauk M! Je njeri me fat, lutja jote për shkurtim dënimi është aprovuar! Mblidh gjërat personale dhe, pasi të kryesh procedurat te shërbimi i daljeve, që sot do të jesh i lirë. Po që je dyfish me fat: pas kaq ditësh me shi dhe mjegull, sot dielli shkëlqen si kristalet në Detin e Vdekur.

Glauk M. mori frymë thellë, aq sa pati frikë se po i shpohej gjoksi. Bulëza djerse iu krijuan mbi ballë. Lëshoi ngeshëm frymën në ajrin e rrasur të qelisë së tij. E falënderoi gardianin A.B për lajmin, ndërkohë që ai kishte mbërritur te qelia nr. 3. Përveç dritares së vogël

edhe dera e qelisë së tij tashmë ishte gjysmë e hapur. I mblodhi rrufeshëm ato tri-katër ndërresa, i rrasi guzhëm në një çantë shpine, që e kishte ruajtur me shumë kujdes. Dukej si e sapo blerë. Tërhoqi derën nga brenda, derisa ajo u përplas me shtratin metalik. Nuk e mbylli. I erdhi keq, le të ajrosej. Ktheu kryet nga gardiani A.B dhe ia bëri me dorë. I ra një zileje që nuk lëshoi asnjë tingull dhe iu hap një portë tjetër. U gjend në korridorin ku ishin zyrat e administratës. Kërkoi me sy se cila mund të ishte zyra e daljeve, e gjeti, trokiti lehtë në derën e saj. Pastaj pak më fort dhe jo dy herë, por tre. Nga pas derës u dëgjua një zë gruaje:
- Hyni! Ju jeni Glauk. M?
- Po, unë jam zonjë!
- Fullen Sie dieses Formular aus und unterschreiben sie es. (Plotësoje këtë formular dhe pastaj nënshkruaje).
Glauk M. në fillim e firmosi, pastaj filloi të vinte shenjën pohuese në katrorët e vegjël në fund të çdo paragrafi. Zyrtarja e moshuar e lirimeve qeshi dhe i tha që nuk duhen plotësuar të gjitha me shenjën pohuese. Pastaj një kopje të formularit ia dha atij. Gjithashtu edhe një shkresë të vulosur nga Ministria e Drejtësisë, që siç dukej ishte edhe vendimi i faljes së dënimit të mbetur. Në fund i tha që të shkonte te zyra përballë, ku gjendej zyra e financës për të parë a kish para në llogarinë e tij. U përshëndetën.

Glauk M. tërhoqi derën pas vetës dhe iu drejtua zyrës së financës, e cila e kishte derën e hapur. Kërkoi leje të hynte. Burri i imtë me syze optike, që ishte ulur në zyrën e ngushtë, i tha që të prezantohej. Duke i treguar emrin, i zgjati edhe letrat që kishte në duar, me bojë akoma të patharë. Burri imcak hapi një dokument në kompjuter dhe pas disa sekondash i tha që në llogarinë e tij kishin mbetur 100 Euro. Ndërsa fliste, tërhoqi nga printeri një fije letër, ku shënohej: emri, mbiemri dhe sasia e eurove që kishte për të tërhequr tek arka.

Burri imcak me syze optike e firmosi letrën dhe ia zgjati Glauk M., ndërkohë që i tregonte me gisht se ku ishte zyra e arkës.

Trokiti lehtë në zyrën e arkës. Nga brenda u dëgjua një zë i ëmbël si tingull pianoje. Pasi e shtyu derën, para tij u shfaq një vajzë e re me flokë të verdhë, sy blu, mollëza rozë, e denjë për të punuar në çdo zyrë imobilare qoftë ajo në Londër, Berlin apo Nju Jork. Mbi duart e hapura në tavolinën e punës derdheshin dy gjinj sa kokrra ftoi, që me shumë vështirësi i bindeshin këmishës ngjyrë qielli. Glauk M., krejtësisht i turbulluar, iu drejtua me një përshëndetje plot mirësjellje. Vajza e re dalloi lehtë adrenalinën që pamja e saj kishte provokuar tek i burgosuri. Ia ktheu përshëndetjen me një ftohtësi siberiane, aq sa Glaukut iu krijua përshtypja që vajza s'qe prej vërteti, por, një skulpturë akulli e ulur në karrige rrotulluese.

Glauk M. lëshoi mbi tavolinë letrën e zyrës së financës me sy të ngulur te kryengritja e ftonjve, që luftonin me copën e mëndafshtë të këmishës. Vajza u rrotullua si kukull e kurdisur, hapi një kasafortë të vogël në të majtë të saj, nxori prej aty pesë kartëmonedha njëzetëshe, ia numëroi para syve Glaukut. Çukiti me gishtat e saj të bukur dy-tri herë në tastierën e kompjuterit, u zgjat në të djathtë e nxori nga printeri një letër dhe ia dha për firmë bashkë me një stilolaps blu. Firmosi, tërhoqi paratë nga tavolina, mori njërën kopje të dokumentit dhe u çua në këmbë pa ditur se çfarë duhet të bënte më tej. Iu kujtua çasti i marrjes së lajmit nga gardiani A.B. Gjoksi i qe mbushur me atë frymëmarrjen e thellë. Tani, pas njëzet e ca minutash, po i ndodhte e kundërta: s'po mbushej dot me frymë.

- Aber jetzt muss ich eine suBe Dame sein? (Po tani çfarë duhet të bëj zonjushë e ëmbël?)
- Herr, Fur die Freiheit dort, in der Zelle, Ëissen Sie es! (Për në liri shkoni para, për në qeli kthehuni mbrapsht, zotëri).

Këto fjalë i shoqëroi me një buzëqeshje, që Glauk M-së i ngjanë me një lule manushaqe.

E mblodhi veten, hodhi çantën në krahë. Në korridor e priste një gardian. Kaluan edhe një derë të brendshme dhe dolën në oborr. Sytë iu verbuan nga shkëlqimi i diellit. I besoi fatit të dyfishtë që ia kishte lajmëruar gardiani A. B. Duke ecur, ktheu kryet pas me dyshimin naiv se mos kishte dalë për ta përcjellë me sy vajza flokëverdhë e arkës. Në vend të saj pa telat e lartë dhe fushën e ajrimit, ku për pesë vjet e kishte përshkruar me miliona herë, duke bërë qindra-mijëra kilometra ecje dhe vrapime, duke ëndërruar rrugët nga kishte shkuar në këmbë dhe me makinë në njëzetë e pesë vjetët e jetës së tij, para se të përfundonte në këtë burg.

Gardiani e përcolli deri te dera e jashtme dhe e përshëndeti me shumë përzemërsi Glaukun.

- Komme nie ëieder an diesen ort zuruck. Freiheit genieBen (Mos ardhsh më kurrë në këtë vend. E gëzofsh lirinë.)

Glauk M. e kaloi rrugën që e ndante nga muri i burgut si një lepur, me dy-tri kërcime pupthi, edhe pse ishte nja pesëmbëdhjetë apo njëzet metra e gjerë. Ana tjetër e rrugës harbonte nga gjelbërimi, rrezet e diellit përbironin në pyllin e dendur si flutura bardhoshe. Dy taksi "Benz Mercedes" rrinin të parkuara dhe prisnin që ai t'u afrohej për ta çuar diku. Gardiani A. B, që i dha lajmin e lirimit, dhe zonjusha me flokë të verdha, që i dorëzoi njëqind eurot e mbetura në llogari, e kishin turbulluar aq shumë sa s'ishte në gjendje të vendoste se ku duhej të shkonte.

Dy taksive iu shtua edhe një e tretë.

Sytë e taksistëve ishin ngulur tek ai dhe prisnin që t'u afrohej. Vetëm mendimi se ata po mendonin që ai s'kishte asnjë grosh në xhep e yshti t'i afrohej të parit në radhë dhe, pasi u zhyt në sediljen e pasme, iu drejtua ftohtë taksistit barkmadh dhe flokëkuq:

- Bring mich zumnachsten Massagezentrum. (Më ço në qendrën më të afërt të masazhit).

Kjo i dha zemër taksistit kuqalash për mundësinë e pagesës dhe sa nisi të llomotiste siç e kanë zakon raca e tyre, Glauk M. ia preu shkurt "mbylle atë të shkretë". Bitte ëill nicht reden. (Të lutëm s'dua muhabet.)

Pas njëzetë minutash hynë në një qytezë, taksisti frenoi dhe i tregoi me gisht një qendër masazhesh. Taksimatësi tregonte tridhjetë e shtatë pikë pesë euro. Glauk M. hodhi dy njëzetëshe në sediljen e parë dhe i tha që s'donte kusur.

Sapo hyri në qendrën e mesazheve, dy palë sy iu ngjitën në lëkurën e ballit. Shikimet e grave të masazhit po i dukeshin si gjemba. U përshëndet sy ulur me to, duke iu kërkuar listën e shërbimeve dhe çmimeve përkatëse. Sytë i nguli te çmimi gjashtëdhjetë euro: një masazh i të gjitha pjesëve të trupit, përjashto atë sendin. Masazhet erotike në përshkrimin e shkurtër në listë i kapërcenin gjashtëdhjetë eurot. Glauku, në atë moment, ndihej komplet kar. Thellë në ndërgjegjen e tij e kishte quajtur veten jo thjeshtë kar, por "komplet kar të marrë". Kishte bërë pesë vjet burg, nga dhjetë sa qe dënuar, vetëm se u kishte besuar si "kar i marrë" disa miqve. Vendosi për masazh trupor.

MBLEDHJA E USHTARAKËVE NË LIRIM

Mblidhen çdo javë në orën dhjetë në bar-kafe "Vjeshta e tretë". "Vjeshta" ishte thjesht një maskë për të mos e pasur emrin "29 Nëntori". Asnjëri prej tyre s'e ka moshën e një ish-partizani, anipse i mburren njëri-tjetrit se ishin pikërisht ata çlirimtarët e atdheut nga nazifashistët dhe, për më tepër, që e kanë mbrojtur Republikën Popullore Socialiste të Shqipërisë nga të gjithë armiqtë e botës. Sapo zënë vendet e tyre të zakonshme, bëjnë një apel formal, i mbyllin grilat e lokalit, rrotullojnë mbi derë kartonin në anën ku shkruhet "Mbyllur" dhe fillojnë seancën, me zukama nën zë, si në një fole anzash. Kam pirë kafe nja dy a tri herë në atë lokal, i nisur nga emri poetik. Një ditë, banakieri, një burrë që e ka prekur gjysmën e shekullit, m'u drejtua me "ti" dhe kjo më pëlqeu.
 - Djalë oficeri je?
Se si mu dha dhe improvizova një gënjeshtër të bardhë aty për aty:
 - Po, por im atë na la shpejt dhe mbeti thjesht një kujtim i mjegullt, më pak se disa fotografi.
Kaq mjaftoi që unë të fitoja simpatinë e banakierit, që ishte edhe gjysmë pronari i barit në qendër të qytetit. Në njërën prej ditëve kur bënin mbledhjen e zakonshme, u

gjeta aty krejt rastësisht. U mbyllën perdet, u mbyll dera, e kthyen kartonin "Mbyllur". Tashmë "Hapur" dukej vetëm nga brenda. Desha të ikja, por banakieri erdhi dhe më tha se mund të rrija nëse doja. Njëzetë palë sy u mbërthyen te unë.
  - Është nga tanët, e njoh unë, le të rrijë!
Vendosa të rrija. U rregulluan. Dy prej tyre zunë vend në një tavolinë, që shërbeu si podium. Njëri e kishte kryet plot lesh të thinjur, tjetri vetëm disa qime rreth veshëve dhe mbi qafë. Burri plot lesh nisi të flasë:
  - Ne mblidhemi kot, e kemi humbur fillin, brenda nesh ka shumë individë që bashkëpunojnë me regjimin e "malokut", mund të ketë edhe në sallë syresh.
  - Maloku ta qiftë nanën! - u dëgjua zëri i një burri me mustaqe, që ishte ulur ngjitë me banakierin.
  - Mbaje gojën se për ideal të partisë ta numëroj në ballë si të ishe një tabelë qitje. Dhe ti e di mirë se si qëlloj unë.
  - Ti të rruan bythën. Të ishe nga ata që qëllon në shenjë do kishe vrarë Kiço M-në, kur e gjete mbi gruan tënde! - ia ktheu ftohtë burri me mustaqe.
  - Jemi për gjëra serioze këtu, s'jemi mbledhur për punë kurvash! - i dha gojës një burrë i kërrusur, që mezi i dukej kryet e fshehur mes shpatullave.
  - Të qe punë kurvash do flisnim për gruan tënde! - iu kundërpërgjigj flakë për flakë burri pa flokë, ulur në tavolinën që ishte improvizuar si podium.
  - Ma mirë ta kesh një grua kurvë se ti që e ke bythën si tabelë qitjeje. Ta kanë shpuar bythën edhe ushtarët e xhenjos more legen!
Banakieri u çua në këmbë dhe nisi të fliste me zë të lartë.
  - Fajin na e ka Ramiz Alia, që na ndërroi me oficerët e Sigurimit. Ua dha pushtetin atyre dhe ne na la të merremi

me piçkat e grave tona. Po ça do bënin gratë tona? Rrinim gjashtë muaj në kufi dhe nëpër reparte ushtarake majë maleve, duke pritur armikun dhe ai bir kurve na i çonte oficerët e sigurimit nëpër shtëpi, që të kujdeseshin dhe t'i siguronin piçkat e grave tona.

- E the mirë. I ke rënë pikës! Ata janë ose deputetë, ose policë me grada, ose biznesmenë. Ne kemi mbetur e mblidhemi te kafja jote dhe qajmë si kukuvajka, ne jemi të mbaruar, për ne s'mendon askush! - foli shtruar një burrë i krehur dhe i veshur me sqimë.

- Dale more qaraman! Mos u dorëzo, o derëzi. Yt atë dha gjak për atdhe! Je a s'je djalë dëshmori?

- Djalë kurvari! E di gjithë Lumi i Vlorës pse u vra babai i Selamit, shkonte me gruan e kushëririt. Ditëziu i kishte thënë njëqind herë: "Ik o derëbardhë në shtëpinë tënde, se plumbi e zë edhe kunadhen, edhe njeriun". Ai s'u bind dhe një ditë u gjet i vrarë në shtratin e gruas së kushëririt të tij të parë.

- Lëre atë muhabet, është punë e shkuar!

- Jo more s'është punë e shkuar! Ke shtatëdhjetë vjet që ushqehesh nga ai gjak i ligë, kushëririn e bëre armik dhe ti, i biri i kurvarit pervers, u bëre oficer.

- E dhjetë mbledhjen, çfarë mutin keni, a mos vallë keni marrë hashash?

- Çfarë hashashi more vëlla? Ne s'kemi lekë për të blerë cigare dhe ilaçe, s'e sheh që jemi katandisur aty ku nuk mbanë më? - foli prapë burri me mustaqe, që e nxehu muhabetin në krye të herës.

- Po fajet na i ka ai maloku yt, që na nxori në rrugë të madhe.

- Maloku ta qiftë nanën! Fajet ua ka ai muti juaj i Gjirokastrës, që na bani mish për top dhe tash jena ba si letra bythe.

- Komandantin mos na e shaj, se për ideal të partisë

vritemi bashkë.

- Shko more kokrra e legenit, ti s'ke mujt me vra gangsterin e lagjes, që t'ka çue vajzën prostitutë në Gjermani dhe po vritesh me mua për komandantin e leshit, që na ka lanë në pikë të hallit me një pension që s'na del me ble as ilaçet e prostatës.

- E teprove me mua! S'të kam asnjë borxh të më përmendësh familjen, vajzën që më dhemb shpirti për të.

- Te vajza e teprova! Tërhiqem, po tjetër borxh s'të kam; në daç e zgjidhim me pleq, në daç me ligj.

- O ty të ka mbetur ora te Kanuni! Po faji i Komandantit që bëri oficerë edhe nga radhët tuaja, ju ishit vetëm për litar e duket sheshit sot e kësaj dite. Saliun e bëri komandanti me shkollë, ia besoi edhe shurrën e vet e tash e hedh shurrën përpjetë, çoç është.

- Ju po e ktheni mbledhjen në konfliktin e kahershëm jug-veri. Unë jam nga Elbasani dhe s'më çahet me nder bytha as për jug, as për veri. Imë ju e kishit dashtë një Komandant nga Elbasani me jua zbutë bythën që me ndejt urtë e me çue veç dorën kur bahen mbledhje.

Të gjithë e ulën zërin dhe e panë me ëmbëlsi ishkomandantin e regjimentit të Elbasanit. Ai as u krekos, as s'u shfry, veç porositi nga një raki për të gjithë. I çuan gotat për shëndetin e komandantit, e çova edhe unë. Burri me kryet plot lesh të thinjur lajmëroi se javën tjetër, në të njëjtën orë, do të takoheshin për mbledhjen e radhës.

TAKIM NË PLAZH ME NJË OLIGARK

S'ishte as i vjetër, as i ri, as fort i pashëm, por as i shëmtuar. S'qe kjo arsyeja pse më tërhoqi vëmendjen. Burri po kujdesej me përkushtim për një bebe motake. E merrte në krahë, e hidhte deri në qiell, me një dashuri dhe përkujdesje hyjnore. Pastaj e ulte në tokë, e caxiste. Prej ngjyrave të rrobave që mbante veshur dukej që ishte vajzë. Bebja dukej e lumtur, sa edhe burri që e gjuante në ajrin e freskët buzë detit. Qeshnin dhe gugasnin me njëri-tjetrin aq harmonishëm, sa në fillim m'u duk se ai ishte babai i bebes, që shndriste në gjithçka. Pak më tej, një vajzë e re, rreth të njëzetave, ndoshta edhe njëzet e pesë, ishte shtrirë për shtatë palë qejfe në një shezlong luksi me perde të bardha, që i çonte era herë në qiell e herë ia preknin shalët e lëmuara, që shndrisnin nga vajrat erëmirë. Në gjuhën e re të turizmit, këto lloj shezlongjesh quhen "gazepa" dhe janë si oaze ku strehohen kunadhet e garipave. Peshqirët e shtrenjtë, kova e qelqtë me akull, ku ishte zhytur një shishe e vogël shampanje, biberoni me kukullat "pepa" dhe "barby" dhe një shishe uji, më krijuan një trullosje, aq sa ma hoqën mendjen nga loja e bebes me burrin as të vjetër, as të ri, as fort të pashëm dhe as të shëmtuar. Mendova se ishte një nga këta burrat e mutit, që kishin lëshuar gratë e para dhe ishin martuar me dashnorët që i kishin gjetur ose nëpër zyrat e shtetit ose nëpër pabet e të premteve. Kohëve të fundit ishte shndërruar në modë që vajzat e provincave, të cilat prindërit i çojnë në ndonjërin prej universiteteve të shtrenjta private dhe atje, ato, në vend që të shpërblejnë djersën e prindërve me dije, nisin dhe gjuajnë biznesmenë të suksesshëm apo politikanë të dalë boje dhe ndërtojnë me ta një jetë luksi të përkohshme.

Me sy sa te bebja mahnitëse, sa te vajza që kridhej në kënaqësinë e vet të diellit dhe të luksit, burri nisi të më neveritej. Aq sa edhe romani i nobelistit peruan Marios Vargas Llosa "Vajza e prapë", që po e lexoja me një pasion të çmendur, filloi të më ngjajë me një "fletërrufe" të kohës së revolucionit kulturor në vitet e rinisë sonë të pushkatuar. Ndërsa kënaqësia e bebes "barby" ishte e pafundme, edhe burri s'e fshihte atë kënaqësi në asnjë fraksion sekonde të lojës së tyre harmonike.

- Gjyshi të ka xhan, gjyshi të ka sy, gjyshi të ka jetë, gjyshi të ka shpirt, - këndonte burri.

Ndërsa vazhdonte ta hidhte beben sa në qiell, sa në krahë, ajo kruspullosej si një kotele nga kënaqësia. Kjo këngë e burrit më kthjelloi nga ajo hamendje e ligë e modës së fundit, që ka pushtuar vendin. Nuk durova; iu afrova dhe i fola burrit.

- Është mbesa juaj?

- Po, - foli ai me gjithë zemër, - është gëzimi dhe jeta ime. Kam një vajzë, e sheh, atë atje, ajo më dha një mbesë dhe ça të them, o vëlla.

Krejt mendimet e liga që kisha ndërtuar pak minuta më parë për atë "trini" m'u fshinë.

Burri, as i vjetër, as i ri, m'u kthye me një breshëri fjalësh, si ta kishte kuptuar se çfarë kisha menduar për të vetëm pak sekonda më parë.

- Të ngatërrova me këta turistët e huaj, o vëlla. Të pash duke lexuar! Sikur njihemi, more vëlla?
- Druaj që nuk njihemi, aq më pak të jemi vëllezër! - thumbova unë.
- Por jo, mor vëlla, këtë e kam si shprehje.
- Mua s'më pëlqen ajo fjalë! Mos më keqkupto, por ngaqë e përdorin disa sekte fetare pa qenë asgjë me njëri-tjetrin, unë edhe pse besoj në zot e bile fort s'jam ndonjë farë praktikanti.
- Po qenkë si unë, o vëlla. Ça do pish? Kamerier, hajde pak këndej, - i thirri një djali, i cili më ishte prezantuar si student dhe punonte verave në Sarandë për të ruajtur diçka që të mos i vriste prindërit financiarisht përgjatë vitit akademik. Djali erdhi si era.
- Silli diçka për të pirë zotërisë.
- Profesori pi verë të bardhë! - tha djali.
- Lere more verën e bardhë, po silli diçka të shtrenjtë.
- Profesori ka tri ditë që bën plazhin këtu dhe vetëm një apo dy gota verë të bardhë pi.
- Po e dija unë që të kam parë diku, o profesor! Sill një shishe nga më të shtrenjtat.

Fliste herë me mua herë me kamerierin-student, veçse sytë s'i hiqte nga mbeska e tij si luleshtrydhe.
- Më e shtrenjta është dyqind e pesëdhjetë mijë lekë të vjetra shef.
- Po sille o lamash, ça pyet për leka.
- Jo, të lutem! Nuk e pranoj këtë verë, jo nga ju, por as nga njerëz që i njoh tash tre breza.

Ndërkohë vera erdhi bashkë me shampanjeren. Në tabaka, dy gota kristali shkëlqenin si dy koka palloi, të cilat dridheshin nga era dhe rrezet e diellit që po i afrohej detit në perëndim. Akoma pa i mbushur gotat, urdhëroi kamerierin të na bënte një foto me "IPhonin" e tij të shtrenjtë. As që më pyeti fare për foton, as djaloshin nuk

e falënderoi për shërbimin e shpejtë dhe delikat e aq më pak për fotografinë.
- O sa bukur kemi dalë, o profesor, e ka plazhi këtë të mirë, të takon me njerëz të shquar.
- Këtu jemi të gjithë njëlloj, vetëm ngjyrat e brekëve na bëjnë ndryshe, burra dhe gra lakuriq! - ia ktheva me humor. - Do ta pi një gotë verë të shtrenjtë me një të panjohur, vetëm nga lidhja hyjnore që paske me mbesën si lule.
- O profesor, po çfarë thua, o burrë. Po unë e thashë që më parë, të kam parë edhe në televizor, unë kam respekt për ty, po ma bëre mendjen uthull me atë librin dhe me rrobat e plazhit. Por do ta thajmë këtë e të tjera, kam respekt, të keqen, mos ma prish!
- Ku jeton, me çfarë merresh? - pyeta unë, pasi s'dija se ç'të flisja me të.
- Po ja, i sheh ato dy gropat ku janë varur ata vinçat atje, në anë të detit? Aty po ndërtoj nja dy kasolle dymbëdhjetëkatëshe, ndërsa këtu ku jemi kam blerë nja katër apartamente. Këtë vit bleva restorantin dhe plazhin, vitin tjetër them ta mbyll fare, por është një shkërdhatë që bën sikur nuk do t'i shesë disa apartamente. Po do ia dhjes letrat edhe atij.
- Po ti qenke bos! - i thashë, duke fshehur një lloj ngjyre ironie në fjalët e mia.
- Po ça bos, o profesor. Na mbytën këta bythëqirat me taksa. Po lëri taksat, por me këto ryshfetet na thanë fare, shkojnë sa dyfishi i taksave, të rrofsha taksat në Itali e Angli, që thonë se janë të larta deri 35%. Siç më kanë thënë, se vetë s'kam bërë biznes asnjëherë jashtë. Po këtu te ne, o vëlla, shkojnë edhe 60% e nganjëherë këta bythëqirat kërkojnë të jenë ortakë me 50% , pasi t'i paguajmë ne edhe taksat, e për çfarë, vetëm se kanë një bithë karrigeje dhe një vulë në dorë.

Po më tërhiqte biseda për "bythëqirat" e qeverisjes, siç i quante ai, përbindëshat që na e kanë bërë jetën vrem, por, këtë tërheqje e shkaktoi edhe vera, një "Gaja" e vërtetë "Barbaresco", që ta sillte në gojë e deri thellë nëpër vena shijen e kodrave të buta të "Langhe Piemontes".
- Çfarë fëmijësh të tjerë ke? - e pyeta për të zgjatur bisedën.
- S'kam fëmijë tjetër profesor! Veç atij diellit në çadër dhe këtij yllit në krahë, plaka ime e hoqi mitrën që pas lindjes së vajzës tonë dhe mbeti si një makinë pa motor, - tha, duke lëshuar një qeshje me dhembshuri.
- Po dhëndrin ku e ke?
- Është në burg, në Holandë, muti! E zunë vjet me njëqind kilogramë të bardhë! Do i dhjesë nja dhjetë vjet të mira. Po mirë ti bëhet, se vetë iu kruajt bitha! I pata thënë mos shti me top, po kujt t'i thuash? Mbush lazoja? S'mbush, o jo!

Filloi të më përzihej, po më thahej pështyma, nisi të më rrotullohej para syve gota e kristaltë dhe nuk e zgjata, e derdha gotën në shampanjeren e qelqtë. Aty ku notonte shishja e verës nëpër copërat e akullit, që po më ngjanin me ajsbergë, ku do të mbytej nga çasti në çast anija-shishe, që kishte kushtuar sa rroga mujore e një punëtori. S'po ndjehesha vërtet mirë. Sytë po më erreshin, m'u duk sikur anija-shishe u përmbys. Pyetja e parë, se kush mutin ishte ky burrë, as i vjetër, as i ri, as fort i pashëm, por as i shëmtuar, m'u kthye prapë, por tashmë e përforcuar deri në nervozizëm.
- Më fal! Unë po iki. Ti t'ia kalosh mirë! Puna jote, punët tuaja, po unë s'mund të rri me ty. Atë fotografinë, të lutem, fshije!
- Po pse, more profesor? Unë kam respekt për ty, të kam dëgjuar edhe në televizor, ti je parimor, po ç'mutin pate bre, ç'të gjeti? Ç'të bëra?

- Më vjen keq, të lutem!

Mora çaklat e mia dhe pa ia dhënë dorën, pa e falënderuar, pa i kërkuar falje për mungesën e edukatës që tregova ndaj tij, ika.

Duke ngjitur shkallët, dëgjoja pas krahëve të mi burrin, që i fliste kamerierit-student.

- Kam dëgjuar një mijë herë që profesorët janë koqe! Po ky qenka fare! Koqe me patentë ndërkombëtare! Pika! Jo more, të keqen e politikanëve! Sado që na rrjepin, prapë se prapë na rrinë sus! Si pula, o vëlla. Po të duam i qijmë edhe në bithë! Vetëm me lekat dhe me votat s'bëjnë shaka ata! Po ama të ta dhjesin kështu muhabetin? As që bëhet fjalë...

I shtrirë në dhomë, mbulova kryet, rrasa jastëkun te veshët e prapë më bëhej se dëgjoja këngën e tij për të mbesën: Të ka gjyshi xhan, të ka gjyshi shpirt, të ka gjyshi nuse, të ka gjyshi yll...

Sarandë, gusht 2019

UDHËHEQËSI I BIRINXHUKIT

Udhëheqësi u zgjua nga gjumi rreth mesditës. Sekretarja, që rri gjithmonë në paradhomën e dhomës së gjumit, e di me saktësi se kur çohet shefi i saj. Bëri sikur trokiti dy herë, më shumë si rutinë protokolli sesa si veprim fizik, hapi derën dhe, me kafen e ngrohtë, vendosur mbi një tabaka argjendi, lëshoi fjalinë e përhershme: "Si fjete shef?". Udhëheqësi, i kursyer në fjalë, nuk iu përgjigj interesimit të sekretares për cilësinë e gjumit të tij, veçse ngriti pak vetullat e zeza, si bisht miu, shenjë që nënkuptonte që kishte bërë një gjumë të shëndetshëm. Kërkoi prej saj të thërriste urgjent këshilltarët.

- S'dua të mungojë askush! - shtoi kumbueshëm.

S'kaluan tre minuta, kur të gjithë u gjendën në paradhomën e gjumit të udhëheqësit. Edhe pse përballë derës së dhomës së gjumit ishte një sallë e vogël mbledhjesh, ajo u kërkoi këshilltarëve që të futeshin në dhomën e gjumit: "Është shumë urgjente", u tha. Sipas besueshmërisë dhe lidhjeve familjare që kishin me shefin e tyre, u vendosën në të dyja anët e krevatit; katër në anën e djathtë, katër në anën e majtë dhe katër prej tyre në anën ku shtriheshin këmbët e gjata e të thata të udhëheqësit. Ai u përpoq të ngrihej në bërryla. Dy

këshilltarët, që ishin pranë kokës së tij, i rrasën poshtë kresë jastëkë, për t'i futur krejt në punë muskujt e flashkët të shefit. I rehatuar mbi jastëkët e butë, i puliti sytë dy a tri herë. Këshilltarët e dinin që kjo shenjë tregonte që ai vetëm pas pak sekondash do të fliste dhe i përqendruan shqisat e dëgjimit në maksimumin e tyre fiziologjik.
- Çfarë mendojnë njerëzit për mua? - e lëshoi më në fund pyetjen shefi.
Të dymbëdhjetë këshilltarët u përgjigjën njëzëshëm:
- Asgjë shef!
Fytyra e shefit u mjaltëzua nga një buzëqeshje naive dhe, ashtu siç ishte, u rrotullua përmbys.
Koka e tij humbi mes jastëkëve të butë. Nuk kaluan as tridhjetë sekonda dhe tingujt e një gërhime të hollë pushtuan ajrin e dhomës. Ky ishte edhe sinjali zanor që mbledhja kishte mbaruar. Këshilltari, që ishte afër këmbës së tij të djathtë, bëri një rrotullim njëqind e tetëdhjetë gradë, hodhi dy hapa të lehtë përpara dhe me dorën e djathtë rrotulloi bravën ngjyrë ari të derës. Pasi e hapi, me dorën e majtë, të shtrirë gjithë xhentilesë, ftoi kolegët të dilnin nga dhoma e gjumit, që ishte edhe zyra e shefit të tyre dhe e udhëheqësit të një pjese të popullit të shtetit të Birinxhukit.

Tiranë, 13 korrik 2019

JETIMJA

Vajza jetime nga Nikla u gjend në rrethana krejt të paqarta në një dhomë moteli, buzë rrugës nacionale. Përballë saj, në rrethana pak më të qarta, gjendet djali i deputetit rilindas. Vajza jetime nga Nikla kthjellohet dhe fillon të mendojë se si mund ta bëjë veten të vuajë e përmes kësaj vuajtjeje të lumturohet.

E para gjë që i shkon ndërmend është cigarja, që digjet mes gishtave të djalit të deputetit rilindas.

Ia rrëmben nga gishtat, ia vë vetes në pjesët intime, që në kushte normale duhet të ishin të mbuluara nga rrobat. Por jo, janë krejt lakuriq, të gatshme për t'u pjekur, që ta ndjejnë kënaqësinë e premtuar.

Por kjo shfaqje nuk e kënaq vuajtjen e saj, edhe pse në ajër u shpërnda era e rëndë mishit të pjekur nga djegia, në atë dhomë të vogël që kundërmonte spermë dhe myk. Për ta kënaqur vuajtjen e saj, vajza jetime ia mori dorën djalit, ia bëri grusht dhe me të goditi veten në vetull, në sy, në buzë, në nofull, derisa ato u nxinë dhe filluan të rridhnin gjak të kuqërremtë, ngjyrë ndryshku.

Edhe kjo gjendje e mjeruar nuk e kënaqi vuajtjen e saj të dëshiruar. Ia mori të dyja duart djalit të deputetit rilindas dha ia futi vetes në fyt, derisa sytë i dolën llullë dhe gjuha jashtë si një copë mëlçie e prerë, shkumë e bardhë iu dergj buzëve drejt qafës, ku janë mbërthyer duart e djalit.

Kur i lagen nga jargët, ai i tërheq duart, drithshëm, i trembur, bash si djalli nga temjani.

Prapë vajzën jetime nga Nikla nuk e kënaq vuajtja e provuar. Atëherë, ajo mblodhi të gjitha fuqitë që i kishin mbetur dha ia rrëmbeu nga rripi i pantallonave pistoletën pa leje djalit të deputetit rilindas. E futi në pëllëmbën e tij, ia mblodhi gishtat derisa pistoleta pa leje iu bë njësh me dorën dhe pastaj e goditi me qytën e saj metalike kafkën e vet, derisa fytyra iu mbulua me gjak, humbi ndjenjat dhe ra në gjendje kome. Kur u përmend pas disa orësh, e pa veten në pasqyrën e madhe, në anë të krevatit. Lakuriq, të larë në gjak. Vetja iu duk si një copë mishi e blerë në pazarin e Fushë-Krujës nga djali i deputetit rilindas. Tani ishte plotësisht e kënaqur nga vuajtja e saj! E kuptoi që ishte thjesht një mazokiste. Viktima, djali i deputetit rilindas, ia tregoi të gjitha këto policisë. Vajza, që kishte arritur kulmin e lumturisë prej atyre dhimbjeve dhe vuajtjeve të ëmbla, e shfajësoi krejtësisht viktimën! Për fat, se rreziku që të dënohet një i pafajshëm është rritur pas reformave në drejtësi.

Tiranë, 1 tetor 2018

YLLI I KUQ, BALSHOJ DHE MURRA E GJYSHES

Në fshatin ku lindi babai im, u krijua kooperativa e parë, nëntë vjet pas luftës së fundit. Për këtë arsye, im atë u largua nga fshati një herë e përgjithmonë. Nuk qe fort e lehtë kjo ndarje. Im atë ishte i madhi ndër tetë fëmijët. Nuk donte të hynte në kooperativë dhe pikë. Gjyshi e kuptonte. Edhe vetë s'donte, por e dinte shumë mirë se s'kish nga t'ia mbante.

- Herët a vonë do të na duhet të hyjmë me zor ose me hatër në atë dreq të mallkuar, që ia kanë ngjitë emrin kooperativë. Unë s'dua që në oborrin tim të qesë pushkë filan mut burri, duke shpërndarë lajmin se më paska bindur të hy në të.

Babai iku nga fshati i tij i lindjes me kryet mbrapa. Punë e ditë të vështira e prisnin. Shteti i proletarëve nuk i pëlqente katundarët që braktisnin kooperativën. Familja e mbetur në fshat i gëzohej çdo ditë fryteve të kooperativës, duke filluar nga varfëria, uria e deri te poshtërimi.

Pasuria që u mbeti, një lopë race, që gjyshja ime e kishte marrë nga gjinia e saj pak para se edhe atje të vinte kooperativa. Lopa e gjyshes e kishte emrin Murrë.

Ashtu ishte, kryet i kishte kafe të errët me vija të zeza, që vinin e hapeshin në qafë dhe në trup, pastaj çelej e bëhej kafe në të kuqërremte. Brirët i kishte të mprehtë dhe të harkuar dhe shumë më tepër ngjante me një ka se me një lopë. Dallohej që ishte lopë vetëm nga gjinjtë e mëdhenj, që i vareshin deri në tokë. Nganjëherë, gjyshja ia mbështillte gjinjtë me një strajcë, në mënyrë që Murra të mos i gërvishte nëpër ferrishtat dhe bregoret ku kulloste gjithë ditën e lume. Murra ishte padyshim lopa më krenare e krejt mëhallës, por jo vetëm. Ajo sfidonte edhe të gjitha lopët e tufës së kooperativës, që ishin ndoshta më shumë se njëqind. Lopët e mëhallës e kishin të ndaluar të kullosnin në fushë, fushat tashmë i përkisnin kooperativës, ato kullosnin në oborret e vogla të shtëpive dhe në bokat mbi shtëpitë e vendosura si rruaza rrëzës së thatë të malit, që ngrihej mbi fshat. Kooperativa, që kishte marrë emrin e udhëheqësit të partisë, duke qenë e para në rreth, kishte privilegjin të shihej me sy të mirë nga drejtuesit në qendër. Ajo ishte orientuar në kooperativë blegtorale, ku mbarështoheshin lopë, dhi dhe dele. Qe folur edhe për derrin, por u shua s'dihet se ku kjo ide. Kooperativa mbeti pa derra.

Në atë kohë e donim shumë Bashkimin Sovjetik. Ky vend kishte vite që shkëlqente me kooperativat. Edhe sovjetikët na donin shumë. I nisën kooperativës së parë në zonat malore të Shqipërisë, si dhuratë, dy qe ndërzimi. Për mbërritjen e tyre u organizua një ceremoni në qendër të fshatit. Unë dhe kushërinjtë e mi qëlluam në fshat dhe nuk mund t'i mungonim këtij gëzimi. Njëri prej qeve quhej Balshoj dhe vinte nga Bashkimi Sovjetik. Në sytë tanë, ai i ngjante një elefanti dembel me feçkë të prerë, që i shkonin jargët çurgë. Ishte aq i madh, sa s'mund të qe një ka, por një përbindësh me brirë. Tjetri e kishte emrin Ylli i kuq dhe, siç mësuam, vinte nga

Rumania. Dy shtete të mëdha komuniste kishin nisur nga një ka. Ylli i kuq ishte vertet një ka i bukur edhe pse shumë i rrezikshëm. Parakalimi i tyre nëpër një torishtë të improvizuar u shoqërua me duartrokitje dhe brohoritma. Balshoj ecte rëndë dhe toka ku ai vendoste thundrat bëhej gropë, ndërsa Ylli i kuq vraponte lehtë në mënyrë rrethore dhe nuk ndalej për asnjë çast, koka dhe bishti i bashkoheshin kur kërcente. Çdo familjeje në fshat iu caktua të sillte nga dy kokrra vezë në javë, me të cilat duhet të ushqeheshin dy qetë e ardhura si ndihmë nga popujt tanë vëllezër, njëri nga miku ynë i madh Hrushovi, ndërsa tjetri nga miku ynë i vogël Çausheski. Pak kohë pasi përfundoi ceremonia e pritjes së Balshoit dhe Yllit të kuq, ne fëmijët dhe gjithë të tjerët mësuam se dy qetë kishin mbërritur në fshatin e babës për t'i ndërzyer jo vetëm lopët e kooperativës, por edhe lopët e fshatarëve, çka nënkuptonte që edhe Murra jonë do të ishte e detyruar të ndërzehej ose me Balshoin, ose me Yllin e Kuq.

Gjithashtu mësuam nga xhaxhai im i vogël, që vazhdonte studimet për veterinari, që Balshoi ishte një racë qumështi, ndërsa Ylli i Kuq racë mishi. Unë e urreva Balshoin që në momentin e parë kur zbriti nga karroceria e mbyllur e një traktori me rrota, ndërsa kisha fituar një simpati të veçantë për pamjen dhe elegancën e Yllit të Kuq, sapo e pashë duke vrapuar me kokën e ulur, ngjitur me shpatullat e gjera, që harkohej drejt vitheve të kërcyera.

Në darkë vonë, kur gjyshja po na tregonte përrallën e gjatë për të na vënë në gjumë, unë guxova dhe i thashë:
- Nanë, nëse Balshoj do të shkojë me Murrën, unë s'do të shkel më në fshat. E urrej atë kafshë, ajo s'është as lopë, as elefant. Po deshët që unë të vij prapë në fshat, Murra jonë duhet të lidhet vetëm me Yllin e Kuq.

Ndërsa gjyshja vazhdonte përrallën, duke na i bubluar kokat me gishtat e saj të butë në kërkim të ndonjë morri dhe ne bëmë sikur na mori gjumi, unë fillova të thur plane se si mund ta helmoja Balshoin, që ai të mos ta ndërzente Murrën e gjyshes.

NJË HISTORI E BUKUR PO TË ISHTE E VERTETË

Në kohën kur u shpall me vendim qeverie mënyra e jetesës në karantinë, dolën disa rregullore dhe urdhra se kush mund të dilte në qytet dhe kush jo, çfarë ishte e lejuar dhe çfarë ishte e dënueshme. U përcaktuan edhe bizneset që do të vazhdonin punën dhe mënyra se si do të funksiononin, si mund të merrej një leje për të qarkulluar me makinë në kohën e karantinimit dhe gjithçka tjetër, deri edhe imtësira të tilla se si duhen larë duart, si duhet fshirë menderja etj. Çdo ndryshim në rregulloren e jetës në karantinë dilte në darkë dhe hynte në fuqi në mëngjes. Ai, kur e pa listën e bizneseve që do të ishin të hapura dhe do të mund të ushtronin aktivitetin e tyre lirisht, u vrenjt në fytyrë. Dukej sikur e kishte zënë shtrëngata në mes të oqeanit.

Nuk mund të rrinte i mbyllur. Vdekjen e pranonte, izolimin jo. Ishte dakord t'i zbatonte me përpikërinë më të lartë të gjithë rregullat dhe rekomandimet që kërkoheshin, vetëm një nuk e pranonte në asnjë mënyrë: izolimin. I erdhi ndërmend një shprehje që shqiptohej shumë shpesh në vendin e tij: "Burgu për burra është" dhe, aty për aty, tha me një shpërfillje ulëritëse:

- Në qoftë se burgu qenka vetëm për burra, unë nuk

jam burrë, as që më duhet të jem burrë i ngujuar, një njëri pa liri s'është as burrë, as grua, një mut që bie erë është dhe kaq!

Nisi ta vriste trurin se çka mund të bënte që të mos përfundonte i ngujuar dhe se si do të mund të siguronte një leje që të dilte lirshëm nëpër qytet, qoftë në këmbë apo me makinë, sa herë që të kishte nevojë, sa herë që t'i tekej. Vrasja e trurit i dha rezultatet e para; do të krijonte një biznes për shpërndarjen e librit artistik nëpër banesat e qytetarëve të ngujuar me urdhër nga lart. Njëkohësisht mund të shërbente edhe si bibliotekë, kundrejt një pagese; çdo lexues e huazon librin dhe në varësi të ditëve që e mban edhe paguan. Iu duk ide gjeniale; çfarë ushqimi më të mirë mund të shpërndante nëpër banesa sesa librin? Të dhjetë mijë librat, që zinin pothuajse krejt sipërfaqen e shtëpisë së tij, i kishin hapur probleme jo të pakta me të shoqen, që kishte lexuar në jetën e saj disa libra kuzhine dhe një duzinë me revista mode. E shoqja ishte ndjekësja dhe komentatorja më e shquar në lagje e telenovelave turke, spanjolle apo italiane, ndërsa ai njihej si bukinisti më i dëgjuar i qytetit.

Pa humbur kohë, aplikoi "on line" në Qendrën Kombëtare të Licencave. Për fat, faqja u hap. Kjo ishte një rrethanë fantastike për t'i ngrohur sadopak marrëdhëniet me të shoqen. Nëse do t'i ecte ky biznes, hapësirat që do të liroheshin do t'i përdorte ajo për të ekspozuar gjithfarë zbukurimesh dhe qelqurinash të blera në të gjitha vendet që kishin vizituar së bashku, gjatë njëzetë e pesë vjetëve sa kishin të martuar. Librat ishin në gjendje shumë të mirë, larmia e titujve e bënte që t'i shërbehej kujtdo, plus rrethanat epidemike, risia dhe shërbimi në familje do të ishin avantazhe entuziaste. Licenca iu miratua në programin "E-Albania" dhe, sapo e printoi një kopje, i bëri foto, ia nisi me "e-mail" shefit të policisë rrugore, që ishte edhe autoriteti që miratonte lejen për të qarkulluar me makinë nëpër qytet në orët e ngujimit.

Asnjë përgjigje nga shefi i qarkullimit rrugor. I shkroi prapë. Asnjë përgjigje. Telefonoi në mënyrë të përsëritur numrat në dispozicion. Askush s'iu përgjigj. U alarmua, natyrshëm. I shkruajti Autoritetit Kombëtar për Emergjencën. Asnjë përgjigje. I shkruajti prapë. Asnjë përgjigje.

I shkruajti Ministres së Shëndetësisë dhe Mirëqenies Sociale, me firmën e së cilës dilnin të gjithë urdhrat dhe rregulloret se si duhej të silleshin qytetarët e vendit në këtë situatë ngujimi. Asnjë përgjigje. I shkruajti prapë, asnjë përgjigje. Kur po e humbte durimin, vendosi t'i shkruante të madhit fare, Lartgjatësisë së Tij, Të Gjatit, si e thërrisnin shkurt mes njëri-tjetrit njerëzit e oborrit. I Gjati i ktheu menjëherë përgjigje. Ia miratoi lejen me firmën e tij elektronike. Nuk po u besonte syve. Deshi t'i prekte nëse ishin të hapur apo jo, por ishte e ndaluar me rregullore: hunda, goja, sytë s'duhet të preken me dorë në asnjë mënyrë, pa leje të posaçme. E pa rishtazi lejen. E shtypi, e lexoi prapë të printuar; letra ishte akoma e ngrohtë nga energjia termike e printerit.

Republika e Surrelit
Leje për ushtrim aktiviteti.
Z. A. K. me numër personal 12345fg, të lejohet të qarkullojë me makinë në të gjithë territorin e Republikës së Surrelit, në të gjitha orët e ditës dhe natës, për të ushtruar aktivitetin e tij të shpërndarjes së librit artistik për fëmijë dhe të rritur, deri në përfundim të gjendjes së jashtëzakonshme të shpallur nga autoritetet.
Personi në fjalë është i përjashtuar nga çdo lloj takse

dhe tatimi.
Leja hyn në fuqi menjëherë.
Surrel, datë 22 mars 2020
Dora vetë
I GJATI

Mbushi një kuti me libra dhe doli si rrufeja drejt e në parkingun ku e priste makina e tij. Vendosi kutinë në bagazh, ndezi motorin dhe u gëzua që bateria funksiononte, pasi kishte tri ditë pa u ndezur.

Vendosi në xhamin e parë të makinës gjithë krenari lejen e firmosur nga I Gjati e ia dha qytetit me rrugë të zbrazura, derisa pa që iu ndez llamba e karburantit. E gjeti karburantin më të afërt, e mbushi "full" dhe u kthye në shtëpi. Duke ngjitur shkallët, e krahasoi veten me qenin e zgjidhur, që sillet tri-katër herë rreth shtëpisë kur ia heqin veringët apo si skllavi i lirë, i cili, pasi largohet pak nga çifligu ku ka shërbyer gjithë jetën, kthehet prapë e pret të zotin te porta. Me urgjencë krijoi një faqe "on line" për biznesin e tij të ri, pagoi me kartë për publicitetin dhe nuk vonuan t'i vinin porositë. Gjithë pasion iu fut punës; dhjetëra porosi, më shumë për blerje se për kthim, për fat i porosisnin libra që nuk e vriste fare ndërgjegjja që po i iknin bibliotekës së tij edhe për faktin që po i shkëmbente me liri. Edhe kur i kërkonin ndonjë libër që e kishte për zemër, mendonte që liria është më e shtrenjtë se çdo gjë e shkruar dhe kushdo qoftë ai që e ka shkruar. Ai dhe e shoqja ishin ndoshta njerëzit më të lumtur të shtetit të pikëlluar dhe të ndrymë në karantinë.

Aq të lumtur ishin, sa filluan të mendojnë se mund të kishin edhe një fëmijë. Raftet po zbrazeshin nga librat e po mbusheshin me gjithfarë cingërimash porcelani, alabastri, qelqi, allçie, druri e letre. Iu mbushën sytë me

lot gëzimi. E përqafoi gati me ngashërim të shoqen, që u lëshua në krahët e tij, si dikur, kur ishin të fejuar. U shkëputën për një çast, fërkuan sytë, pa leje të posaçme e thanë njëzëshëm:
 - A është e vërtetë?

Tiranë, mars 2020

POETI I RËNË NË GJAK ME JURINË E ÇMIMIT "NOBEL"

Natyra ime aventuriere dhe vetmitare më ka mësuar gjithfarë teknikash që t'ia dal mbanë kur ndeshem me rreziqe. Do t'ju tregoj një histori. Do qeshni apo do i vini gishtin kokës? Nuk e di. Por nëse gjendeni në rrethana të ngjashme, bëjeni një provë, ndoshta ia dilni.

Krejt vetëm, siç më ndodh shpesh. Në një pikë turistike verore, e cila dimrit ka pak njerëz. Qenë ditët kur nis e sython pranvera. Bora dhe akulli kishin filluar t'ia lëshonin vendin barit të njomë dhe lëngëzimit të pranverës. Po ecja i shpenguar në praninë e herë-hershme të ndonjë kafshëze të ngratë, që i kishte mbijetuar dimrit të gjatë. Ato dy si biçim lokalesh, që shërbejnë verës për qindra mijëra njerëz, ishin krejtësisht të boshatisura nga gjithçka, përjashto mureve dhe çatisë. I rashë kryq e tërthorë gjithë zonës për më shumë se një orë, nga pylli me pisha, te burimi i ujit, që ishte shndërruar në një masiv të madh akulli, por që nga poshtë asaj bardhësie të kristaltë, gurgullonte uji si fjolla jete të fshehura në thellësi e pastaj e nxirrte kryet dhe vazhdonte rrjedhën si një gërshet gjigand zanash në shtratin e përroit, që më poshtë shndërrohet në lumë. I ulur mbi një thep, që as dhitë e egra s'e pëlqejnë, larg lokaleve që përmenda, nxora gjithë sa kisha marrë me vete për drekën time të thjeshtë. Mes tingujve të fishkëllimës sime, dëgjova zëra që nuk qe e vështirë t'i shquaje që ishin zëra meshkujsh. E po shyqyr zotit nuk qenkam krejtësisht vetëm! - thashë me vete. S'kaluan pak sekonda dhe njerëzit u gjendën ballë për ballë meje. Që prej larg s'm'u dukën fytyra miqësore. Njëri ishte i pashëm dhe goxha i gjatë, ndërsa tjetri një shkurtabiq kryeshtypur.

Pa m'u afruar akoma ua vura epitetet "i Gjati" dhe "i Shkurtri". Pyetja e parë që më drejtuan, thuajse njëzëri, s'më pëlqeu hiç:

- Kush je ti?
- Jam një poet i njohur, kandidat për çmim "Nobël"! - ua ktheva përgjigjen me humor.
- Mos tall bythën me ne, ne jemi cuba, a e di çka do të thotë cuba?
- Po more si nuk e di, edhe unë për cubllëk kam dal në mal.
- Po ça ke ba ti që ke dalë në mal? - herë fliste i Shkurtri, herë i Gjati.
- Unë s'kam ba asgjë, por ata që s'ma dhanë çmimin "Nobël" këtë vit kanë ra në gjak me mua. U kam çue fjalë të gjithë anëtarëve të jurisë, që prej ditës së djeshme kur ata më prenë në besë e mbrapa kanë ra në gjak me mua.
- Ky tall karin me ne! - i tha i Shkurti të Gjatit dhe vazhdoi: - O shkërdhatë! Lëri ato pordhë me ne, na thuaj kush mutin je? Që edhe na ta dimë kë po vrasim apo grabisim dhe të kemi ndërgjegjen e qetë.
- Jua tregova, pra! Në qoftë se më vrisni, do bëheni të famshëm! Keni vra një poet, që është në kërkim të çmimit "Nobël". Nëse më grabisni do fitoni një mut. Njëqind mijë lekë të vjetra kam me vete. Jua jap që tani në dorë ose zbresim në qytet dhe i harxhojmë bashkë. Po më vratë, do shpërbleheni minimumi me nga tridhjetë e

pesë vjet burg, po pranuat të dytën do fitoni një të dehur, që s'keni për ta harruar kurrë.

Panë njëri-tjetrin sy ndër sy bukur gjatë dhe nisi të flasë i Gjati.

- Qenke pidh same ti! Ta pritka mirë ajo rradake e shtrembër. Dashke edhe me na ba miq.

- Pidhin e nanës nuk bane mirë që ma përmende, ajo ka të paktën pesë vjet që tretet në dhe e jam i sigurt që nuk ekziston ma as në formën që e përmende ti. Po le ta harrojmë atë muhabet. Flisni me njani-tjetrin dhe bani çka ta keni ndërmend.

- Na i jep ato njëqind mijë lekët e ik pirdhu, - foli i Shkurtri.

- Unë jua jap me qejf, veç mësojeni një gjë nga unë: cuba muti qenkeni.

- O legen, po kujt i flet ashtu ti? - u hodh prapë i Shkurti. - Ta vrasim këtë mut, se ndoshta kur ta marrin vesh që e kanë vrarë ia japin edhe atë lesh çmimi që përmendi ma parë.

- Jo more koqe, ne të hamë burgun e ky të plotësojë ëndrrën? - ndërhyri i Gjati.

- Ti kot qenke ba cub! - iu drejtova të Gjatit, - do kishe ba prokopi në qytet, me e pasë futë trunin në punë. Ky ortaku yt shkurtabiq ndoshta kish gjet ndonjë ortak tjetër dhe kish dal me cubnue.

- Ke të drejtë, o poet leshi, po askush nuk del maleve për qejf, veç ju poetet e çmendur dhe do budallë nga Europa, që rrinë gjithë vitin të ngujuar nëpër zyra dhe vinë me hupë trunin për dhjetë apo pesëmbëdhjetë ditë në vit. Unë kam dalë në mal se ma kanë vra vëllanë në derë të shpisë pa pikën e fajit. Po tash po e lamë këtë muhabet dhe hajde shkojmë te streha jonë, hamë e pimë çka kem na mrena. E m'i trego mua emrat e asaj jurisë së noblit e t'i heq unë! Për mua si katër, si dhjetë, njëlloj

janë. Shko e rri në qytet e shkruaj prapë, se ku i dihet ku të del hesapi.
U zura ngushtë.
- S'ua di as emrat, sepse ata ndërrojnë çdo vit, veç kryesorit ia di.
- Ma thuaj mua kryesorin, se edhe mua veç kryesori më ka mbet, pasi tre të tjerët ja kam çue dreqit për darkë me vakt.
- Prit t'ia gjej, - kërkova në "google" për emrin e kryetarit të Akademisë Mbretërore të Çmimit Nobël në Suedi, por për fat të keq nuk kisha internet dhe nuk më doli. Ia futa kot: - Van Hon Kisenberg e ka emrin.
- Po ky më duket si me qenë hollandez more shok.
- Ashtë suedez.
- Hajde se e gjajmë edhe këtë, ma shkruaj diku, se i vjen vakti edhe atij. Na ndiq nga pas.
I pari ecte i Gjati, i dyti unë, i treti vinte i Shkurtri. S'kaluan as pesë minuta dhe hymë në një stan. I Shkurti nxori gota rakie, një shishe plastike një litër e gjysmë me raki, e cila, kur rrodhi nëpër gota, u duk si zhivë.
- Çfarë janë këto rruaza, flluska sapuni apo kokrra zhive?
- Kjo është raki cubash dhe jo raki qullash! - foli i Shkurti shkurt.
Mish fërligu i ftohtë, djathë i bardhë, qepë, kjo ishte mezja, por shija e tyre bërtiste. Pimë raki e hëngrëm mish sa u zhdëpëm, më shumë hëngrëm e pimë se folëm. Sa fola unë, folën edhe cubat. Dikur i thashë të Gjatit:
- Unë do të iki. Ju faleminderit për ndejën, për pijen dhe mishin!
- Rri sa të duash, çohu kur të duash! - ma ktheu i Gjati, si të ishte burrë moti.
E mblodha vetën dhe u çova.
- Jua paça borxh këtë pritje. E nisët me pushkë dhe e

mbyllët me dolli.

- Po s'ishe për dyfek ti, o derëzi, të njohëm që në krye të herës, po thamë mos ke ndonjë lek me vete! - tha gjithë duke qeshur i Shkurti.

Kur dola te dera e stanit, i zgjata pesëdhjetë mijë lekë dhe ia futa në grusht të Gjatit, që po më përcillte.

- S't'i marr për të gjallë, s'paguhet buka tek unë edhe pse jam në mal.

- Merri, jepja shokut tënd, unë njëqind mijë lekë kisha gjithsej, le ta marrë ai pjesën e vet.

- Po ça flet o burrë? Ne jemi si vëllezër edhe pse s'jemi asgjë me njëri-tjetrin.

- Dëgjoje budallën, poetin e marrë: "Fukaraja dhe i ligu s'ta harrojnë kurrë borxhin e vogël". Merri e jepja!

Me sy të hapur sa një dac, i futi paret në grusht e më tha me gjithë zemër:

- Tu rritë ndera për porosinë!

Syri i kaltër, më 14 mars 2020

MË KUJTOHET DITA KUR MËSOVA QË ISHA ARMIK

E kujtoj si sot ditën kur e mësova që isha armik. Ka qenë vjeshta e vitit 1977, saktësisht e diel, 16 tetor. Atë ditë, unë kam qenë dhjetë vjeç e dy muajsh, pa një ditë dhe pak orë. Sepse, siç e kujton nana ime, unë kam lindur me 17 gusht të vitit 1967, rreth orës dhjetë të mbrëmjes. 16 tetori, për ata që nuk e dinë, ka qenë një datë shumë e rëndësishme për popullin shqiptar të asaj kohe: Ditëlindja e Udhëheqësit të Madh. Kjo datë-ditë ishte vendosur të përkujtohej nga i gjithë populli heroik, punëtor dhe vigjilent, si ditë e solidaritetit me punën vullnetare, pra ishte shpallur ditë aksioni. I madh dhe i vogël, që nga klasa e parë e arsimit fillor e deri te pensionistët, të cilët dilnin e pastronin oborret e pallateve dhe lulishtet e qyteteve, atë ditë festonin duke punuar. Në ndryshim nga të tjerat, atë ditë normat rriteshin si për të treguar dashurinë pa kufi për Udhëheqësin e Madh. Në vendlindjen time, ajo periudhë përkon me kohën e mbledhjes së gështenjave. Në ato anë, gjendet masivi më i madh në Ballkan i gështenjave, dhuratë e Zotit për ata njerëz që nuk u pëlqen puna hiç. Bashkëvendasit e mi më mirë bëjnë tri trimni, se prashisin një argat arë. Masivi i gështenjave, si gjithçka, ishte pronë e Udhëheqësit të

Madh. Ai ishte pronar jo vetëm i pasurive të vendit, por edhe i nder gjegjeve dhe shpirtrave tanë.

E thashë pak më lart që gështenjat mblidheshin me aksion. Atë ditë, kur unë e mësova se isha armik, nxënës filloreje në klasën 4-B, pa lindur dielli i ishim qepur pyllit me gështenja, që nis me mbarimin e qytetit dhe zgjatet deri në majat që rrinë të bardha prej borës edhe në gusht. Nxënësit e fillores ishin në pikat më të afërta të grumbullimit, pika e parë poshtë fshatit Markaj, që thirrej dhe thirret edhe sot e kësaj dite me një toponim sllav "Ulica". Në atë rrafsh të pjerrët dredhojnë tri rrugë, që lidhin qytetin me fshatin Markaj; dy janë këmbësore dhe ajo që spërdridhet si nepërkë është rruga automobilistike. Në mes të tetorit, gështenjat, në zonën për rreth qytetit dhe buzë fshatrave, janë në mbarim e sipër, sepse ato fillojnë e piqen me breza që nisin nga 350-400 metër mbi nivelin e detit e sosin në 800-900 metra në Qafë të Kolshit, te Lkeni i Ponarve, në Kobile, Bishevë, Berbat, Kërrnajë e Myhejan, që janë përkatësisht zonat ku mbaron gështenja dhe nis ahu, pisha dhe më pas kullotat malore. Ditën kur mora vesh që isha armik, norma, nga katër kilogramë, qe bërë tetë kilogram. Unë, që e kisha shtëpinë buzë pyllit me gështenja, dola herët dhe deri në orën dhjetë i kisha mbledhur dy kova, që tregonin që e kisha ba dhe kaluar pak normën. Ndeza një zjarr të vogël, u bashkova me nja dy a tre shokë të klasës dhe nisëm të hanim porogaça, si ju thërrasim ne gështenjave të pjekura dhe të qëruara.

Kur erdhi ora dymbëdhjetë dhe po bëheshim gati të shkonim t'i dorëzonim gështenjat në pikën e grumbullimit në Ulica, aty ku na priste mësuesja jonë kujdestare, pash që njëra kovë e gështenjave të mia kishte avulluar, ma kishin vjedhur bashkë me kovën. Hamendësuam me shokët e mi se kush mund ta kishte kryer këtë gjëmë. S'i vumë dot emër, veç ua lamë grave të fermës, që ishin si tufa dhish, që kur kalonin ato s'gjeje më as gështenja, as dushk dhe asgjë tjetër që mund të kishte harruar apo humbur dikush në pyllin e gështenjave. U përpoqa bashkë me tre shokët ta plotësonim normën time, por ishte e kotë, asnjë kokërr gështenjë s'kishte mbetur më në tokë. Iu afruam pikës së grumbullimit të gështenjave. S'ndjehesha mirë.

Tre shokët e mi i dorëzuan gështenjat e tyre. I dorëzova edhe unë dhe i thashë mësueses që një kovë me gështenja ma vodhën gratë e fermës. Të tre shokët e mi pohuan njëzëri, që ajo që thashë unë ishte krejtësisht e vërtetë. Mësuesja jonë kujdestare nuk u bind as prej meje, as prej shokëve të mi. Atyre u tha të largoheshin dhe të mos e mbronin fajtorin, ndërsa u ngrit në këmbë, si një statujë, hipi mbi një thes me gështenja, rriti zërin, që të dëgjohej prej të gjithëve, e ia nisi këtij fjalimi:

- Ti nuk e ke bërë normën me qëllim, sepse je nipi i ballistit. Gjyshi yt ishte armik dhe partia ia dha në lule të ballit. Ti je armik, sabotator, ti çdo ditë e tejkalon normën, sot që është ditëlindja e Udhëheqësit tonë të Madh, jo vetëm që nuk e bën, por akuzon edhe gratë e fermës për vjedhje.

- Unë s'jam armik, unë s'jam nip ballisti, unë s'jam sabotator! - dhe i ktheva shpinën me lot ndër sy asaj, grumbullit të gështenjave dhe njerëzve të shumtë.

Ia dhashë vrapit pa kthyer kryet mbrapa. Pas shpinës sime, duke vrapuar, dëgjova zërin e magazinierit, që i tha mësueses kujdestare: "I fole keq atij fëmije".

Vrapova duke qarë derisa mbërrita në shpi. Isha vetëm; qaja, por kisha filluar edhe ta vrisja trurin pse isha armik, nip i kujt isha. Gjyshin nga baba e kisha parë në një marrshim veteranësh me një shall në qafë. Gjyshin nga nëna s'e kisha njohur as unë, as nëna ime. E dija që nuk jetonte, por se çfarë armiku do kishte qenë ai s'e kisha vrarë ndonjëherë mendjen. Dikur erdhi vëllai i madh dhe më pyeti rrufeshëm:

- Kush të ka rrahur?

I tregova arsyen se pse po qaja.

- Karuc i vogël! Pordhac! Thashë mos të ka rrahë kush dhe do ia thyeja dhëmbët! Mbylle gojën!

Iku e më la duke qarë. Vonë, kur ishte bërë natë, mbërritën në shpi baba dhe nana. Jashtë kishte filluar shiu. Ata qenë lagur deri në të brendshmet e linjta. E mblodha vetën dhe e ndala vajin, po sytë e mi ishin ënjtur dhe skuqur, sa s'mund ta fshihnin veten para askujt, lëre pastaj para nanës dhe babës. Duke i hequr rrobat e lagura, shtangën që të dy dhe me një gojë më pyetën.

- Ça ke, pse ke qajtë? Kush të ka rreh?

Tregova me detaje ç'ka më kishte ndodhur. Nanës i rrodhën dy lot për faqe, ndërsa baba, gjysmë i zhveshur, më mori në krahë dhe më tha:

- Gjyshi yt s'ka qenë armik! Ka qenë një nga burrat ma të mirë të Malësisë së Gjakovës! Mos u ba bythpamuk me qajtë kot. Mësuesen tënde e takoj unë që nesër, pa dalë drita, dhe ia them nja dy fjalë! Ajo, as askush në tokë, nuk guxon me të lëndue ty kurrën e kurrës, për çka ti s'ke asnji faj!

Rrallë më merrte im atë në krahë dhe u ndjeva aq mirë, sa m'u fshi gjithë mërzia dhe vaji i ditës. Nuk e di se çka foli baba me burrin e mësueses. Nisi të sillej mirë me mua, edhe pse, sa herë e hapte gojën, kisha frikë se prej saj do dilnin si gjarpërinj fjalët që më kishin lënduar.

Tiranë, më 2 prill 2020

NJERIU QË PËRCAKTONTE KARAKTERIN NGA FISHKËLLIMA E SHURRËS OSE HISTORIA E RRALLË E KRISTAQIT

Kristaqi kishte mbaruar shkollën e mesme bujqësore, themeluar nga Charl Telford Erikson në Golem të Kavajës, një qytezë periferike në Shqipërinë e Mesme. Siç kishte dije të qenësishme në fushën e mbrojtjes së bimëve, po ashtu njihte shumë mirë edhe gjuhën dhe kulturën amerikane. Kishte ecur me hapat e kohës për t'iu përshtatur kushteve të reja të Republikës së Popullit. Kishte mësuar dhe vazhdonte të përvetësonte po kaq mirë edhe gjuhën dhe kulturën e Rusisë bolshevike. Ndoshta ishte i vetmi që i mbijetoi goditjes që pësoi Ministria e Bujqësisë pas Luftës së Dytë Botërore. Disa shkuan në plumb, të tjerë në burg, ndonjë në rrugë të madhe, ndërsa Kristaqi mbeti aty, specialist në Drejtorinë e Zhvillimit të Bujqësisë, pranë Sektorit të Bimëve të Arave. Kristaqi zotëronte gjithashtu dije të mjaftueshme në matematikë dhe veçanërisht në statistikë. Jeta e kishte mësuar që më shumë të dëgjonte të tjerët se t'i mësonte ata. Kjo mënyrë jetese i kishte dhënë karakterit të tij formën e një lënde viskoze, që përshtatej në çdo lloj ene e në çdo kohë. Dalëngadalë u tërhoq nga Sektori i Mbrojtjes së Bimëve dhe u vendos te Sektori i Statistikave, ku puna e tij krijuese apo kërkimore ra praktikisht në zero. Kjo i pëlqente jashtë mase, zero përgjegjësi, zero angazhim. Shifrat se sa duhej të prodhohej i caktoheshin nga lart. Kristaqi thjesht i hidhte nëpër regjistra. Nuk e vriste aspak ndërgjegjja për atë që ndodhte në realitet: prodhimi rritej e po në të njëjtin progresion edhe varfëria e shtetasve të Republikës së Popullit. Ai i justifikohej ndërgjegjes së tij të munguar me argumentin e thjeshtë që ata të cilët kishin marrë pushtetin, kishin dëshirë t'i falsifikonin shifrat e prodhimit. "Ç'më duhet mua, një bythë specialisti me shkollë të mesme të armikut, t'u jap mend këtyre?!", mendonte me vete.

Zyra e re e Kristaqit, në sektorin e statistikave, ndahej nga banjat e grave me një mur të hollë tulle. Në kuadër të fushatës për emancipimin e femrës socialiste dhe rolit të saj në ndërtimin e shoqërisë së re, gratë po shtoheshin nga dita në ditë në ministri. Kristaqi s'bënte pothuajse asnjë punë, përjashto ato dy apo tri javë, kur përpunonte të dhënat që vinin nga të gjitha rrethet e vendit. Nga punonjësit e rinj nuk shihej me sy të mirë. S'kishte asnjë shok në aparatin e Ministrisë së Bujqësisë. Për këto arsye, Kristaqi, tetë orët e orarit zyrtar, rrinte i mbyllur në zyrën e tij. Në këto kushte vetmie dhe vetizolimi, filloi të zhvillonte në mënyrë pasionante një shqisë të re, thuajse një profesion të ri, të panjohur kurrë më parë, që do të behej puna e tij e dytë. Ai arriti të përcaktonte me saktësi emrin e secilës prej grave të ministrisë nga mënyra se si u fishkëllente shurra në dalje prej vaginave të tyre. Por jo vetëm emrin, ai përcaktonte si një ekspert i vërtetë edhe gjendjen emocionale të gjithsecilës, të vjetra apo të reja në moshë, deri edhe vitet e punës dhe eksperiencën profesionale që kishin në Ministrinë e Bujqësisë. Kjo gjetje apo risi e riktheu edhe njëherë në vëmendje Kristaqin, i cili nisi një karrierë të re po aq të vrullshme dhe produktive sa në vitet '37, kur mbaroi shkollën e mesme bujqësore në Golem të Kavajës, i mbështetur me bursë nga Kryqi i Kuq Amerikan. Të gjithë kuadrot e rinj, që emëroheshin rishtazi në Ministrinë e Bujqësisë, pasi kalonin nga Zyra e Kuadrit i drejtoheshin zyrës së Kristaqit për të marrë informacionet e duhura se cila prej "shoqeve" të ministrisë ishte në epsh, shtatzënë, lehonë, në konflikt me burrin, beqare, e lëshuar, e mbyllur, e pakapshme, serioze, materialiste, e tharë, llafazane, agresive, posesive, ziliqare, lakmitare, e pistë, e ftohtë, e zjarrtë, pastërtore, e ligë, bujare, hakmarrëse, e fismë, e ditur, budallicë, profesioniste e gjithfarë tiparesh të tjera, me të cilat natyra i kishte pajisur gratë e Ministrisë së Bujqësisë. Kristaqi, këto tipare dhe karakteristika, kishte arritur t'i zbulonte, përvetësonte dhe krijonte duke i mbajtur nën vëzhgim rigoroz statistikor me qindra-mijëra herë ato, gratë e personelit të Ministrisë së Bujqësisë. Kur unë mësova për ekspertin që përcaktonte karakterin dhe tiparet e grave përmes fishkëllimës së shurrës së tyre, po trokisnin Krishtlindjet e vitit 2005. Kisha vetëm pak ditë i emëruar Drejtor i Përgjithshëm i Burimeve Njerëzore në këtë institucion. Qesha duke mbajtur brinjët me shuplakat e duarve. Desha ta takoja, por mësova se Kristaqi kishte vite që nuk jetonte më. Qe shuar në vetmi dhe harresë të plotë. Ai s'qe martuar kurrë, s'kishte as farë, as fis.

E vetmja trashëgimi e tij ishte kjo legjendë urbane e përcaktimit të tipareve dhe karakterit të grave përmes fishkëllimës së shurrës së tyre dhe disa statistika prodhimi të ënjtura me urdhër nga lart.

SHPRESA N.

Shpresa ishte nga gratë më të bukura të kryeqytetit në vitet '70. I kishte të gjitha mundësitë ta shfaqte bukurinë e saj. Me flokë të gjatë, të shëndetshme, të forta, ngjyrë dielli, vetulla kaçurrela si kajzi gruri, që spikatnin mbi ata sy të gjelbër, gjithmonë të qeshur. Mollëzat e faqeve të rrumbullakëta si mollë vjeshtore, buzë të ndezura si pjeshkat e pjekura thellë, shpatulla të gjera. Gjoksi i saj, si dy ftonj që duan t'i thyejnë degët ku qenë varur, beli dhe vithet si trung palme, ndërsa këmbët më të hijshmet e bulevardit "Dëshmorët e Kombit". Dilte thuajse çdo mbrëmje në xhiron e bulevardit, që ishte edhe sfilata e vetme ku demonstronin pamjen, veshjet, por edhe karakterin vajzat dhe djemtë e Tiranës. E kishte shumë afër; shtëpia e saj gjendej në "Bllok". I vidhej Bllokut nga ana e pallateve "Agimi", merrte rrugën përballë "Shallvareve" dhe për dy-tri minuta mbërrinte tek "Ura e Lanës", në të dyja anët e së cilës gjithmonë zinin vend çunat më të bukur të Tiranës. Pastaj merrte krahun e djathtë dhe afër hotelit "Dajti" e priste shoqja e saj e ngushtë, Kristina, po aq e bukur sa Shpresa, veçse u ndryshonte pigmenti i lëkurës. Kristina ishte brune.

Përqafoheshin lehtë, dukshëm nën shikimin e shumë adhuruesve, vazhdonin xhiron e tyre drejt Xhamisë së

Ethem Beut, mespërmes sheshit, ku gjendej përmendorja e Stalinit, aty ku sot është monumenti i Skënderbeut. Rrotulloheshin përreth ndërtesës së Komitetit Ekzekutiv, në vend të të cilit tani është ndërtesa e Muzeut Kombëtar dhe uleshin për kafen e mbrëmjes në kafen e "Hotel Internacional". Më shumë e shijonin kafen apo akulloret e tyre sytë e klientëve se dy vajzat e bukura të bulevardit të viteve '70, edhe pse kjo u pëlqente pa masë që të dyjave. Shpesh ndodhte që pijet e tyre ishin të paguara, sa prej bukurisë rrezëllitëse, aq edhe prej statusit të Shpresës, e cila, si vajzë blloku, sfidonte me guximin e saj dhe i thyente disi rregullat e tij të rrepta. U bashkohej njerëzve të zakonshëm.

Kthimi kishte të njëjtën pompozitet, veçse zgjaste deri te Kampusi i Universitetit. Në këtë kohë, dendësia e njerëzve në xhiron e ajrimit rritej, por kjo nuk do të thoshte se largohej vëmendja dhe interesi për dy vajzat më të bukura të xhiros së bulevardit. Kjo ishte pak a shumë rutina e përnatshme e Shpresa N. dhe shoqes së saj të fakultetit. Të dyja studionin Kimi Industriale. Në këtë kohë, Shpresa u fejua me gjysmë dashuri, gjysmë rekomandim, me njërin prej atyre që paguanin më së shumti kafet dhe pijet e porositura prej saj në barin e "Hotel Internacional". Bukuroshi që paguante ishte oficer sigurimi dhe merrej kryesisht me sigurimin e jetës së fëmijëve të "bllokut", që dilnin jashtë tij në kohën e tyre të lirë.

Ndoshta ishte i pari djalë që kishte guxuar t'i afrohej. U fejuan, u martuan. Për katër-pesë muaj, xhirot në bulevard nisën të rralloheshin, Kristina shihej rrallë e më rrallë në shoqërinë e Shpresës, deri sa erdhi viti i thyerjes së madhe.

***

Këto shënime-subjekt për një tregim apo novelë ia dhashë Shpresës t'i lexonte në vjeshtën e vitit 2008, kur po udhëtonim së bashku për të parë nga afër punimet në tunelin e Kalimashit. Ndërsa i lexonte në ekranin e celularit tim, sytë e saj zmadhoheshin, rrudhat e shumta që ia mbulonin gjithë fytyrën dhe qafën sikur u shtrinë, flokët e thinjur ngjyrë kashtë sikur po shkëlqenin, siç i kisha përshkruar unë. Një lot gëzimi i rrëshqiti nëpër faqe dhe iu var në mjekër, pastaj rrëshqiti në qafë. Shkëlqeu nga reflektimi i një drite duke i ngjarë smeraldit të varur në qafën e një princeshe.

- E ke tepruar, por pak a shumë kjo ishte Shpresa N., deri vjeshtën e vitit 1979, kur një skuadrile me policë u derdhën në shtëpinë tonë. Në qoftë se do të shkruash një novelë apo tregim rreth meje, pjesën tjetër më lër ta rrëfej unë. Më premton?

I premtova aty për aty. Ky më poshtë është rrëfimi i saj.

***

- Im atë do të arrestohej dhe shumë shpejt do të dënohej me akuza të rënda, dy vëllezërit e mi do të kishin të njëjtin fat. Im shoq, oficeri i sigurimit, që më gjuante dhe më ruante njëkohësisht, do të më divorconte për të njëjtat arsye që më kishte dashuruar apo përndjekur, edhe pse në atë kohë djali ynë i vetëm sapo kishte mbushur vitin. Lusja perënditë që të mos e arrestonin edhe nënën, e cila kishte qenë në poste të rëndësishme. Zoti i pranoi lutjet e mia dhe kjo nuk ndodhi. Mua bashkë me djalin dhe nënën na internuan pa afat në fshatrat e Vlorës. Saktësisht fshati quhej Kotë dhe nuk ishte shumë larg Vlorës, edhe pse Vlora, për ne të internuarit, ishte po aq larg sa Nju Jorku, Parisi apo Vjena. Nejse, s'dua të lëndoj askënd me vuajtjet e mia, dua t'i bie shkurt. Ka me qindra njerëz në vendin tim e tëndin që kanë histori më të trishtuara, më të dhimbshme. Unë thjesht jam një kontrast bardh e zi, ku kacafyten parajsa me ferrin.

Ndaj s'dua të zgjatem me sagën time të përjetimeve nga blloku në internim apo nga parajsa e ferrit në ferrin e parajsës. Dua t'ju tregoj ty dhe lexuesve të tu vetëm një histori njerëzore nga jeta ime e vuajtjeve...

Tre burrat e shtëpisë gjendeshin në burg, nëna ishte shëndetligë dhe e pamundur fizikisht. Unë fatmirësisht gëzoja shëndet të plotë dhe një fizik shpërthyes, të cilin kisha vendosur ta vija në dispozicion të djalit dhe të familjes time dhe të askujt tjetër në botë. Ndër punët më të vështira dhe më të paguara në fermën e Kotës ishte kositja dhe unë zgjodha kosën. Asnjë femër më parë s'e kishte kryer atë punë, ndoshta edhe pse nuk mund ta bënin. Mua ma dhanë. Ndoshta në fillim kanë menduar që këtë punë e zgjodha për të shpërblyer kosaçët, të cilët u zhgënjyen që në javën e parë kur panë që unë bëja dy norma në ditë brenda orarit normal të punës, kurse ata e harxhonin gjysmën e kohës duke parë bythët e mia tek përdridheshin jo nga qejfi, por nga sforcimi i procesit të punës me kosë. Ishte punë rraskapitëse, por shpërblyese, pikërisht puna që më duhej mua, puna-punë, gjumi-gjumë, rroga-rrogë. Më duhej të mbaja gjashtë frymë, tre në burg e tre në internim. Puna me kosë më burrëroi dhe më dha një emër tjetër në fshat, ku kryesisht jetonin të internuarit. Këtë respekt e fitova padashur edhe tek vendasit, që ishin gjithmonë më paragjykues ndaj nesh.

Historitë e mia të vuajtjeve janë pafund, por dua të tregoj një vuajtje fisnike dhe të paharrueshme, përgjatë një vizite të pamundur që u bëra babait dhe dy vëllezërve të mi në burgun e Spaçit në pranverën e vitit 1979. Ishte e mundur me rregullore të vizitonim në burg babanë dhe vëllezërit një herë në muaj, njëri prej njerëzve të familjes, por jo mamaja; ajo konsiderohej njeri me precedent dhe rrezikshmëri të lartë dhe nuk mund të merrte leje për t'u larguar nga fshati-kamp. E vetmja që e kisha këtë privilegj dhe sakrificë isha unë. U pajisa me lejen përkatëse nga autoritetet e kampit. Në atë copë letër shkruhej që kisha dy ditë leje, përshkruhej edhe destinacioni Kotë-Vlorë-Tiranë-Spaç dhe kthim.

Dola nga kampi që pa gdhirë. Në njërin krah mbaja Skerdin, djalin tim një vjeç e gjashtë muajsh dhe në krahun tjetër një thes plastik nitrat amoni, të mbushur me ushqime dhe ndërresa, që e kisha larë disa herë për t'ia larguar rrezikun e helmimit të ushqimeve, që kishim përgatitur për t'ua dërguar në burg njerëzve tanë të zemrës. Ishte hera e parë që do të mund t'i shihja pas hetuesisë dhe gjykimit. Dënimi kishte marrë formë të prerë dhe vendi i vuajtjes për të tre ishte caktuar burgu i Spaçit. Me zetorin e fermës, që çonte qumështin në qytet në orën pesë të mëngjesit, mbërrita tek agjencia. Aty mora autobusin për në Tiranë, ku mbërritëm rreth orës dymbëdhjetë. Më kishte marrë malli për qytetin ku kisha lindur dhe isha rritur, por nuk guxoja t'ia pohoja as vetes. Thesi i bardhë i nitrat amonit ishte më i rëndë se Skerdi dhe ai duhej çuar larg. Nga ora dy, për fat, kapëm autobusin për Rrëshen dhe pas tri orësh zbritëm tek ura e Rrëshenit për të pritur ndonjë skodë, që shkonte për në Spaç.

Nuk vonoi dhe një e tillë na u ndal te këmbët.

- Për në Spaç, te burgu jeni? - na tha shoferi.

I nxori dy pasagjerë, që i kishte ulur në sediljen pas vetes në karroceri, dhe na rehatoi mua dhe djalin në ulësen njëvendëshe. Krah meje ishin ulur një grua dhe një burrë, po aq ngushtë sa ç'kishin qenë dy pasagjerët burra, që u ngjitën në karrocerinë e Skodës. Në vendin e parë ishte një burrë që nuk e hapte gojën asnjëherë. U tregova haptazi që po shkoja të takoja babanë dhe dy vëllezërit në burg.

- Kur të pashë me fëmijë të vogël, thashë a mos je duke shkue me pa burrin, - foli pa teklif shoferi.

- Jo burri im s'ka të drejtë me i pa babën dhe vëllezërit e mi- dredhova unë.

Burrit në vend të parë nuk iu durue dhe pyeti:

- Kush është babai yt?

I tregova. U nxi në fytyrë dhe veshët iu skuqën si gogozhare, turfulloi dhe shfryu nga shoferi, sikur të kish pirë një gotë me uthull. Mbërritëm në kamp në limitet e kohës së takimeve. Por s'ishim me fat; atë ditë dhe dy ditë para kishte pasur revolta në kampin e Spaçit. Për takim me të burgosurit atë ditë ishin të paktën nja tridhjetë veta, ndër to katër gra, njëra prej të cilave isha unë me djalin tim një vit e gjashtë muajsh në krah. Takimet ishin anuluar. Na thanë që ndoshta nesër mund të kishte takime. Për ne, "nesër në Spaç" ishte njëqind vjet, por s'kisha ç'të bëja tjetër dhe shpresova. Numri i njerëzve që kishin ardhur për të takuar të afërmit e tyre, u reduktua në katër a pesë. Mbeta unë, im bir, një grua e moshuar, që priste të shihte të birin, dhe një mesoburrë, që donte të takonte vëllain. Përtej rrugës ishte ende "Skoda" me të cilën kisha mbërritur në kamp. Kisha uri dhe çanta-thes ishte plot me ushqime, që vetëm unë e dija. Ushqime që kisha një muaj që i kisha mbledhur për të shtrenjtit e mi. Vërtet që kisha uri, por as që më shkonte mendja të nxirrja ndonjë gjë nga thesi i nitratit. Djali nisi të qante; ma mori mendja që edhe ai kishte uri. Hapa thesin dhe nxora prej tij një vezë të zier, pak bukë dhe një copë djathë.

Djali pushoi menjëherë dhe sa hap e mbyll sytë e

rrufiti vezën dhe copën e bukës me djathë. Ndërsa ai hante, errësira e natës po vinte drejt nesh kërcënuese. Ku do të flinim? Ku të fshihnim kokën? Era e tetorit në atë vrimë dreqi ishte e lemerishme. Kisha hallin e djalit më shumë, po edhe timin. Po të sëmuresha unë, kush do ta mbante familjen? Hodha sytë nga plaka që priste të takonte të birin.
- Ku do t'i fshehim kokat sonte nëno? - iu drejtova.
- Poshtë asaj rimorkios, moj bijë.

Në anën tjetër të rrugës ishte një rimorkio skode, mbështetur për një mur të vjetër. Burri që priste të takonte vëllain po mblidhte shkarpa për të ndezur një zjarr. Shoferi që na kishte sjellë, zbriti prej "Skode" me një batanije të ronitur në njërën dorë dhe me një pagurë ushtrie me ujë në dorën tjetër. M'u afrua gjithë drojë e më tha:

- Në daç hajde, hyp e rri në kabinën e makinës, në mos merre këtë batanije dhe mbështille djalin, merre edhe këtë pagurë me ujë.

Mora batanijen e pagurin e ujit dhe e falënderova me zemër. Ndërsa po e shihja drejt e në fytyrë, ai i kishte ulur sytë dhe shihte diku larg. Kurrë në jetën time s'e kisha kaluar Tiranën, njerëz nga veriu kisha pasur në shkollë, por asnjëherë s'më kish rënë të kisha miqësi apo afërsi me ta. Në fshatin ku na kishin internuar kishte plot të tillë, por unë përveç kosës dhe shtëpisë nuk njihja asnjë dhe asgjë. Burri që donte të takonte të vëllanë ishte nga Ballshi, nëna që priste të takonte të birin ishte nga Malësia e Madhe, shoferi i "Skodës" nga Mirdita, unë nga Tirana, djali im nga Kota e Vlorës. Njëlloj si banorët e burgut të Spaçit, me të cilët na ndanin vetëm disa metra, edhe ata ishin nga e gjithë Shqipëria. Shoferi u kthye në kabinë dhe i ndezi dritat e makinës, të cilat i lëshoi drejt rimorkios, ku ishim strehuar ne për të kaluar atë natë të paharrueshme vuajtjesh dhe solidariteti njerëzor. Kohë pas kohe e ndizte motorin, por dritat nuk i shoi derisa dita nisi të zbardhte. Burri nga Ballshi nuk reshti së mbledhuri copa drush dhe shkarpa që të mos e linte zjarrin të shuhej. Ndërsa djali im dremiste si një maçok i vogël, unë dhe nëna nga Malësia e Madhe treguam histori vuajtjesh gjithë natën e lume. Pritëm me ankth te dera e burgut derisa ora shkoi tetë e mëngjesit dhe në derë u shfaq një burrë me uniformë, që na informoi se takimet për atë muaj qenë anuluar.

Tri gojë folëm njëherësh: "Të paktën a mund t'ua çoni ushqimet dhe ndërresat që u kemi sjellë njerëzve tanë?!". Burri me uniformë na tha se veç atë urdhër kishte nga komanda për të na komunikuar dhe mbylli derën e hekurit pas fytyrës së tij të akullt. Pamë njëri-tjetrin me sytë e mbushur me lot. U kthyem. Djali im nisi të qajë prapë, ndoshta nga uria, ndoshta nga të ftohtit. "Skoda" kishte kohë që kishte avulluar.

Po ecnim në këmbë, burri nga Ballshi ma mori thesin që të mund të mbaja djalin.

- Merre për vete! Po marr pak bukë për djalin! E kisha sjellë për në burg, jo për ta kthyer në Vlorë.

Ndërsa nëna nga Malësia e Madhe mes ofshamash mallkonte nëpër dhëmbë: "Zoti e shoftë racën tuaj të keqe!". Mua, pak nga lodhja, pak nga mërzia, por më shumë nga tronditja psikike, po më dridheshin këmbët. Vetëm pak muaj më parë kisha qenë nga e njëjta racë e keqe!

***

Pasi pamë tunelin e Kalimashit, në kthim, te dalja e Repsit, u kthyem dhe vizituam rrënojat e burgut të Spaçit. Pak para se të mbërrinim te dera e burgut, pikërisht aty ku tridhjetë vjet më parë qe shfaqur uniforma me lajmin e anulimit të takimeve, Shpresa N. e mbaroi rrëfimin e saj. Nyja e dhimbjes nën mjekër po ia zinte frymën.

Tiranë më 21 gusht 2020

I PASHË DY NJERËZ DUKE U PUTHUR NË BUZË

Sinqerisht, ka disa kohë që vras mendjen për diçka që e gjej kudo nëpër qytetet, fshatrat, rrugët, rrugicat, lagjet dhe mëhallat e atdheut tonë.

Atë botë e thërrisnim 'dhania e dorës' apo 'dorëdhënia'. Ky ishte një gjest fort i përhapur, mund t'ia jepje dorën gjithkujt që njihje, por s'ishte domosdoshmërish e nevojshme njohja.

Kjo e shoqëruar jo vetëm me shtrëngimin e dorës së atij që e zgjaste i pari, por edhe të atij që i përgjigjej në të njëjtën formë me dorën e tij. Ky rit i lashtë tradicional, në qoftë se mund ta quajmë rit, quhej "shtrëngim duarsh". Rreth tij ka legjenda ndër shumë popuj, por tek i yni është përmbajtësor, i qenësishëm, një dok, zakon apo shenjtëri që na shquan ndër shekuj.

Kur ia jep dorën dikujt, i ke dhanë besën, kur i ke dhanë besën, ia ke besuar jetën. Kur ia shtrëngon dorën dikujt, ia ke falë gjakun, i ke dhënë mbështetje, siguri, i ke shprehur mirënjohje, besim.

Gjithçka i ke dhënë dhe të ka dhënë ai shtrëngim duarsh.

Dhënia e dorës ka qenë aq popullore, sa e ka përdorur edhe i madhi, edhe i vogli, edhe i pasuri, edhe i varfri, pa dallim feje apo pozite.

Sigurisht, njerëz të ndryshëm e kanë përdorur shtrëngimin e duarve për interesa të ndryshme dhe zaten, që kur u shfaq interesi në dhënien e dorës, nisi edhe një farë rrallimi i përdorimit të këtij gjesti masiv.

Dorëdhënia si veprim shfaqej si ndër meshkuj edhe ndër femra me gjeste shtesë, që herë mund t'i quash përqafime, herë përqafje, herë shtrëngime, ndonjëherë puthje të lehta në faqe. Kur ishin puthje, ndodhte që ishte një më të rrallë, por shumicën e herëve dy, katër, gjashtë, por edhe tetë.

Kohëve të fundit tek burrat filluan të reduktohen puthjet, edhe kur ata ishin brenda fisit.

Nisi të shfaqej një traditë e vjetër e prekjes së qosheve të kresë një, dy ose tri herë.

Edhe te femrat u vu re një lloj rrallimi i puthjeve me njëra-tjetrën, por nisi të shpeshtohej kur takonin shokët, miqtë apo të dashurit.

Puthjet në buzë, ç'është e vërteta, për shumicën e brezit tonë i përkasin një intimiteti dhe s'na ka ra të ambientohemi shumë me to.

Viteve të fundit, ne shqipot filluam të bëheshim më perëndimorë se perëndimorët, siç e kemi zakon, që e kapim me shpejtësi kohën e humbur. Nisëm dhe i thjeshtuan në ekstrem dorëdhëniet me përulje dhe respekt. Përqafimet dhe puthjet i zëvendësuam me shprehje perëndimore "cioa amore", "by my friend", "I love you", "Bisous", "Kiss you", etj.

Puthjet me dorë në distancë nisën të zinin vendin e atyre që i ngjisnin buzët nëpër faqe apo buzë.

Duke avancuar në teknologji, ia dolëm që përmes telefonave t'i kryenim dhe mbaronim shumë punë që njëherë e një kohë bëheshin nëpër stola parqesh, nëpër shtëpi shokësh apo nëpër qoshe rrugësh.

***

Po puthja, ajo e ëmbla, hyjnorja, ëndrra e çdo adoleshenti, ku dreqin shkoi, në cilin pyll humbi, në cilin lumë u mbyt, në cilin planet u tret?! Patëm filluar të kishim mall të shihnim të rinj që puthen në buzë, thua se buzët janë mallkim, thua se buzët janë shenjat e djallit në tokë dhe jo shenjat e zjarrit të dashurisë.

Po mirë puthja në buzë, që po na dukej si filmat bardh e zi, por nisi të na merrte malli edhe për shtrëngime duarsh, rrahje shpatullash apo ta shihnim njëri-tjetrin drejt e në dritë të syrit, pa na u rrudhë qerpiku.

Por që do të vinte një ditë që s'do të mund të shihnim më njerëz që i japin dorën njëri-tjetrit, që i largohen takimit me sy, që e shmangin drejtimin e ecjes me njerëzit e afërt, me njerëzit që ndajnë vlerat dhe ndjenjat, besoj jo vetëm unë, por as ju nuk e kishit menduar. Veç ndonjë mendje djallëzore duhet ta ketë menduar dhe parashikuar këtë ndjesi shtrigane.

***

Kam të paktën tridhjetë apo më shumë ditë që s'ia shtrëngoj dorën askujt. As babës s'ia kam dhanë dorën, as nanën s'e kam marrë në gjoks. Shokët dhe miqtë, me të cilët mbush jetën, kanë kërcyer muaj e s'i kam takuar, ata që i kam parë rastësisht s'i kam prekë me dorë, thjesht jemi përshëndetur si ushtari me komandantin apo si rrugëtari me rrugëtarin.

Vajzat e bukura të mbuluara jo me shami, por me maska, shkojnë rrugëve si vagonë treni, pa vëmendjen e askujt, djemtë si lokomotiva, që s'i panë kurrë vagonët që tërhoqën. Të moshuarit e kanë të ndaluar të dalin nëpër rrugë, kështu që nuk i sheh më askush.

Rrugët dhe të moshuarit i ka marrë malli për njëri-tjetrin.

Unë dal rrugëve dhe flas me qentë dhe macet, që janë krejtësisht të habitura me lirinë e tyre.

***

Në gjithë këtë panoramë të mënxyrtë pa shtrëngime duarsh, pa puthje, pa dashuri, dje u befasova. Isha pikërisht aty ku mbaron Parku Rinia, në kryqëzimin e bulevardit "Gjergj Fishta" me rrugën "Ibrahim Rugova", bash në qoshen e urës që kalon mbi Lanë dhe të çon në Bllok. Dy gra të bukura, të moshës së mesme, u takuan gjithë përzemërsi.

Në fillim i tokën shuplakat e duarve me njëra-tjetrën, siç bëjnë vajzat e vogla, pastaj i ndeshën gjokset e bëshme, sikur po trokisnin gotat e verës në një gosti.

U ndala dhe po e ndiqja takimin e tyre me kërshëri, pse jo edhe me një lloj nostalgjie.

U përqafën ngeshëm sa majtas, sa djathtas. Kur tërhiqeshin nga gjoksi i njëra-tjetrës, shiheshin ngeshëm sy ndër sy.

Pasi e bënë këtë rit tri a katër herë, ua dhanë të puthurave nga qafat, më pas në bulëzat e veshëve, pas pak i ngjeshën buzët njëra tjetrës dhe duart e tyre u kapërthyen në bythët e shoqja-shoqes.

Kokat e tyre, njëra e bardhë dhe tjetra e kuqërremte, u ngjitën dhe tashmë dukej vetëm një trup i shkrirë në ngjyra dashurie, që unë s'po dija t'i jap emër.

***

Duke ecur çartaqejf buzë lumit, që bie erë të keqe gjithmonë, i vura emër virusit të tmerrshëm, që na e ka ndaluar t'ia japim dorën një miku, të përqafojmë babën apo ta puthim në faqe nanën, t'ia puthim buzët që i digjen një të dashure apo t'i themi një njeriu "të dua".

Tiranë më 15 prill 2020

DIPLOMATI ME BREKË TË GRISURA

U takuam në aeroportin e Zyrihut krejt rastësisht. Sikur temperaturat të mos ishin pesëmbëdhjetë gradë nën zero, s'do ishim njohur kurrë me Agimin. Isha në tualet, kur në zërritësa u dëgjua në disa gjuhë zëri i një gruaje, që lajmëronte se të gjitha fluturimet për shkak të motit shumë të ftohtë dhe borës që vazhdonte të binte, do të shtyheshin të paktën deri në orën dhjetë të paradites. Fluturimi për Tiranë ishte në orën shtatë e pesë. Kisha udhëtuar me tren për dy orë dhe bash në momentin e fundit kisha mundur të bëja 'çekingun', kur e dëgjova këtë njoftim. I mbushur me frymë, më doli nga thellësia e gjoksit një e sharë në shqip:

- O të qifsha nanën! Po pse s'na lajmëruat që kur ishim në tren?

Duke ia ndjerë lezetin të sharës sime, pashë një kokë që u përkul drejt meje:

- Shqiptar je?
- Po.
- I Shqipërisë?
- Po.
- Agim Hasku! Edhe unë nga Shqipëria jam. Hajde pimë kafe apo ndonjë gjë tjetër, tashmë kemi kohë sa të

duash.
U rehatuam në një kafe. Më pyeti çfarë doja të pija dhe iu drejtua banakut rrethor të lokalit. I zgjata një kartëmonedhë dhjetëfrangëshe dhe ai ma bëri me dorë që ta fusja në xhep. E dëgjova të fliste gjermanisht rrjedhshëm, ndërsa me një klient afër vetes foli me një anglishte perfekte. Kur u afrua tek tavolina, shkëmbeu disa fjali me një çift që flisnin frëngjisht. Më bëri përshtypje mënyra se si kalonte nga një gjuhë në një tjetër, lehtë, krejt natyrshëm. Sapo u rehatua, ia shpreha admirimin tim për aftësitë e tij gjuhësore.

- Kam studiuar për gjuhë të huaja në Tiranë si fillim, pastaj kam njëzetë vjet që jetoj në Zvicër.

Më bëri përshtypje koha e gjatë e jetesës në Zvicër dhe me llogaritë e mia të shpejta i binte që kishte të paktën që në vitin 1987 që jetonte jashtë Shqipërisë. Kjo më shtyu ta pyes rrufeshëm nëse kishte shërbyer në Ambasadë apo kishte qenë një i arratisur.

- As njëra, as tjetra! Një fatkeqësi tjetër më solli në këtë vend dhe po ajo fatkeqësi vazhdon të më mbajë edhe sot e kësaj dite! - foli i vrenjtur në fytyrë i saponjohuri, por shpejt ndërroi pamjen dhe nënqeshi lehtë.

S'më pëlqeu ta gzhisja më gjatë atë histori. Tek e fundit, një takim krejtësisht rastësor në aeroport ishte, ç'më duhej të dija më shumë për jetën e tjetrit, për më tepër që nga pamja, veshja dhe gatishmëria për t'u shoqëruar me aq lehtësi, më çoi tek ato mendimet e këqija. "Ndoshta është nga ata të sigurimit të shtetit", mendova. Ai as më pyeti fare se kush isha dhe pse isha në Zvicër, veçse nisi të më tregojë historinë e tij.

- Po shkoj në Tiranë se më ka vdekur babai! – tha.

U ngrita në këmbë dhe e ngushëllova me shumë përvujtësi.

- Faleminderit, babai është baba, ishte nëntëdhjetë e

gjashtë vjeç, njeri i mirë, ka qenë edhe partizan, prej atij i kam gjitha të mirat dhe fatkeqësitë e kësaj jete.

E pashë drejt e në sy edhe ai bëri të njëjtën gjë. I kishim mbaruar ndërkohë kafet e shpëlara ekspres që bëhen në Zvicër. U çua në këmbë e më pyeti nëse doja akoma kafe apo ndonjë pije më të fortë. I thashë të merrnim nga një uiski, nëse do të më lejonte të paguaja.

- As që bëhet fjalë! –

U drejtua prapë nga banaku rrethor, ku shërbente një vajzë sygjelbër, me flokë të lidhura bisht pëllumbi. U kthye me një tabaka në duar me dy dopio xhoni blek, një shishe koka-kola, akull dhe një pjatëz të vogël me bajame, kikirika dhe stika.

- Babai ishte vërtet partizan, por s'i bëri kujt keq kurrë! –vazhdoi Agimi. - Pa punën e tij. Punoi si llogaritar i thjeshtë nëpër ndërmarrje të ndryshme në Tiranë derisa doli në pension. Kishte miq deri lart në Komitetin Qendror, po kurrë s'kërkoi ta ngrinin në detyrë. Tri herë i shkeli ato shkallë gjithë jetën e tij; herën e parë kur zgjodhi një të drejtë studimi për mua, të dytën për të njëjtin motiv, por për motrën dhe të tretën kur u emërova unë në punë.

Mua m'u shtua dyshimi që bashkëbiseduesi im, njeriu që po më qeraste dhe po më hapej, ishte njeri i sigurimit të shtetit. Por ishte aq sjellshëm, sa s'kisha kurrfarë arsyeje ta refuzoja miqësinë e tij.

- Për motrën time e kishte të lehtë. Ajo shkëlqente në mësime, studioi për mjekësi dhe u bë mjeke e zonja. Ndërsa për mua vajti dy herë. Herën e dytë për emërimin tim në Drejtorinë e Tregtisë së Jashtme.

- Në çfarë posti të emëruan? - ndërhyra sa për të nxitur bisedën.

- Specialist, bile jo specialist, përkthyes. Kur mbarova studimet, unë zotëroja shumë mirë anglishten, italishten dhe spanjishten. Mund të flisja lirshëm dhe të përktheja edhe nga frëngjishtja.

- Po tek e fundit s'të paska dhënë ndonjë ndihmë të madhe babai.

- Edhe aq sa na shtyu e kishte nga hosteni i mamasë, ndjesë pastë. Të qe për atë në bujqësor do të përfundonim.

- Unë kam mbaruar bujqësorin! – ndërhyra, jo pa ironi.

- S'e kisha me të keq, por aso kohe atje shkonin ata me biografi të keqe ose ata që s'kishin asnjë mik.

- Unë i kisha që të dyja! Biografinë e keqe dhe mungesën e mikut! - i hodha pak benzinë bisedës.

E pashë që u struk, thuajse u zverdh në fytyrë. U tërhoqa duke i thënë se do merrja edhe dy teke.

- Në asnjë mënyrë! - tha ai. - Edhe nëse presim pesë ditë në këtë aeroport, do të qeras vetëm unë. Në më gjetsh ndonjëherë në Tiranë, janë të tuat.

E pashë vendosmërinë e tij dhe nuk këmbëngula. Nuk vonoi dhe u kthye rishtazi me të njëjtat asortimente. Vajza me sy të gjelbër dhe me flokët e lidhura bisht pëllumbi i shërbeu gjithë delikatesë.

- Po si të shkoi puna në tregtinë e jashtme?

- Fatalisht keq. Ai miku i babait në Komitetin Qendror i kishte folur drejtorit për miqësinë me tim atë dhe e kishte porositur që të më trajtonte me përkujdesje. As tri ditë pasi kisha filluar punë më thirri drejtori në zyrë dhe pa më pyetur për asgjë tjetër m'u drejtua: "Si je me italishten?". Shumë mirë, edhe pse nuk e kam praktikuar shumë, iu përgjigja. "Nesër në mëngjes do të udhëtojmë për në Milano, do të rrimë një javë në një panair, merri këto materiale, lexoji sonte, por mos e vrit shumë mendjen, sepse panairi hapet pas tri ditësh, megjithëse ne do të udhëtojmë nesër për shkak se nuk ka linjë avioni. Mos harro të marrësh edhe ndërresa". Më zgjati një dosje dhe më përshëndeti më dorë. "Nesër të merr makina ime në shtëpi, fol me shoferin dhe tregoji se ku e ke shtëpinë". Aq shumë u lumturova sa thuajse me vrap mbërrita te puna e babait. Ia dhashë lajmin, atij s'i luajti as qerpiku. "Kjo është puna jote mor bir, për këtë punë i ngjita ato shkallë dhe mendoj që do të jetë hera e fundit", më tha im atë qetë-qetë, duke iu kthyer letrave të veta mbi tavolinën e punës. Në atë kohë në Shqipëri e vetmja linjë ajrore ishte Malevi i Hungarisë. Do shkonim në Budapest transit dhe në darkë do të mbërrinim në Milano. Drejtori ishte një burrë babaxhan me shkollë partie, fliste nga dhjetë-pesëmbëdhjetë fjalë në të gjitha gjuhët dhe s'e kishte fare problem këtë mangësi. Duke filluar nga Rinasi, pastaj në aeroportin e Budapestit dhe në fund në atë të Milanos, më qerasi pa më pyetur fare çfarë doja, por ato që merrte për vete i merrte edhe për mua. Nga aeroporti udhëtuam me taksi drejt një hoteli me katër yje, të cilin unë as që e kisha imagjinuar ndonjëherë më parë. Dhomat i kishim ngjitur. E lamë që pas një orë do dilnim për darkë. Dola në dritare dhe u mbusha frymë thellë, jeta ime pas universitetit kishte filluar mbarë. Sytë më pushuan mbi një dru halor gjigand, që zbukuronte lulishten e këndshme të oborrit të hotelit, nën hijen e të cilit ishte tarraca e stiluar me shumë elegancë. Në darkë unë s'i thashë as tri fjali të plota, veç miratova ato që fliste drejtori. Kur po ngjisnim shkallët e hotelit, drejtori mori një guidë të qytetit dhe më tha të zgjidhja vendet që kisha dëshirë t'i vizitoja të nesërmen. "Nesër është dita jote". Sapo u futa në dhomë, më tërhoqi luksi i banjës dhe u rrasa në dush, duke shkumuar disa herë trupin dhe kokën. Në Shqipërinë e atyre viteve, të shtunave dhe të dielave në mbrëmje nëpër qytetet tona ulërinin skaldobanjat, një inovacion idiot që u shpik nga fillimi i viteve tetëdhjetë, gjoja për të zëvendësuar kovat me ujë të nxehtë. Kur ndizeshin skaldobanjat, qyteti nxihej nga tymi dhe zhurmat mbytëse. Kështu, që të laheshe në një dush hoteli me katër yje, ishte ëndërr. Dola nga dushi dhe i shpërlava brekët që kisha veshur, të cilët kishin dy arna të vogla të qepura imtë nga nëna ime në të anët e bythëve të mia të thata. Copa e arnave ishte pak me e çelët se copa e brekëve dhe kur i vendosa për t'i tharë në kaloriferin e dhomës, më ngjanë me syzet optike të drejtorit. U shtriva dhe po shfletoja guidën, Piazza del Duoma, Galeria Vittorio Manuele II, Teatro alla Scala, Naviglio Grande, stadium i Juves dhe Interit San Siro, Duoma di Milano, ku të shkoje me parë? Drejtori sapo më kishte premtuar dhe unë i shënova të gjitha, pastaj le të vendoste ai se ku do të shkonim. Duke ëndërruar me sy hapur, më mori gjumi. Të nesërmen e kishim lënë të dilnim nga hoteli që në orën tetë. Në orën shtatë e tridhjetë trokiti dera dy herë. E kisha lënë hapur, ndaj drejtori u rras vrullshëm në dhomë. Akoma isha shtrirë dhe lakuriq, pasi, siç tregova, të vetmet mbathje që kisha, të lara, po thaheshin mbi kalorifer. Akoma pa më thënë 'mirëmëngjesi' apo 's'qenke zgjuar?', drejtori shpërtheu në të bërtitura: "Po turp nuk ke? Brekëgrisur! Punon në Ministrinë e Tregtisë së Jashtme e mban brekë me syze?". Mbulova fytyrën me kuvertë dhe nuk u përgjigja. Ai ndërkohë i mori brekët e mia, iu afrua dritares, e hapi atë dhe i flaku përjashta. Ato fluturuan si një pëllumb dhe mbeten të varura në pishën apo bredhin gjigand, që hijezonte gjysmën e oborrit të hotelit. Drejtori shtangu në dritare, unë u çova. I mbështjellë me çarçaf nga qafa deri në këmbë, kur i pashë brekët e mia të varura në pishën-bredh, ngriva.

Mos drejtor! Na more në qafë!

Këtu mori fund kënaqësia e vizitës sime të parë jashtë vendit. Drejtori, i nxirë në fytyrë, si të kishte dalë nga minierat e qymyrit prej nga e kishte origjinën, doli nga dhoma, e përplasi derën time dhe dëgjova që të njëjtën gjë bëri edhe me derën e dhomës së tij. Unë kisha frikë t'i shihja brekët e mia që ishin mbërthyer në degët e para të pishës, bash mbi tavolinat e verandës së hotelit. Ndjenja e fajit për ato dreq brekësh me syze më bëri të qaja me dënesë si fëmijë. Nuk guxoja të trokisja në derën e drejtorit. Herë pas herë e dëgjoja që edhe dritarja e tij hapej; ndoshta po ndërtonte ndonjë skenar për të fshehur apo zhdukur gjurmët e këtij krimi. Në trurin tim të vogël nisi saga që do na ndiqte. Brekët e mia me arna do të filmoheshin nga shërbimet sekrete italiane, pastaj do të dilnin nëpër të gjitha televizionet dhe gazetat e Italisë, unë dhe drejtori me këtë gjest kishim diskretituar shtetin komunist. Kështu që jeta jonë mori fund. Në Shqipëri na priste burgu, në rast se nuk do të kthëheshim i ndërronim vendet me familjet tona. M'u duk sikur po qaja me zë duke vajtuar "Mama mia, brekët e mia". Herë pas here i afrohesha dritares dhe fshehurazi pas perdes arrija t'i shihja brekët, ato sikur ishin ngjitur mbi degën e rëndë të pishës apo bredhit. Prej andej i shquaja lehtësisht edhe dy arnat e mallkuara, që po bëheshin shkaku për të shkatërruar jetën time dhe të drejtorit. Nuk dolëm nga dhomat gjithë ditën. Kur u err, drejtori guxoi dhe trokiti dy herë në derë. E hapa menjëherë. "Të pres poshtë në restorant", u dëgjua zëri i tij i metaltë. Zbrita pas tij si qengji pas ujkut. Ai nuk fliste, unë as nuk merrja frymë. Kamerieri u paraqit gjithë elegancë dhe mirësjellje: "Mirëmbrëma zotërinj! Çfarë mund të bëj për ju?". "Dy dopio raki", i tha drejtori, "grapa" shtova unë, kur pashë që kamerieri rrudhi turinjtë. Kur i solli, akoma pa u larguar, drejtori i tha: "un altro per favore". Më pyeti nëse doja dhe unë.

"Morëm fund! Na piu e zeza, kam tre dëshmorë në

familje dhe të përfundoj në burg për një palë brekë të grisura".

"Unë s'kam dëshmorë, por babai ka qenë partizan, njëri i ndershëm, ka jetuar me djersën e ballit, s'ka abuzuar kurrë, vetëm kur më futi mua në punë për të më marrë në qafë bashkë me ty".

"Do ta hamë keq. Ti je i ri, mund t'ia dalësh, unë do të kalbem në burg, bobo familja ime, ikëm mbaruam, për një palë brekë të qelbura. Të thashë, të porosita merr ndërresa. Çfarë mut partizani paska qenë edhe ai babai yt, që të ka lanë me një palë brekë me syze?".

"Ke një farë të drejte, por babai im nuk është mut".

U nxi edhe më shumë në fytyrë, u bë si qymyr i djegur. E çoi me fund dopion e dytë dhe ia bëri me dorë kamerierit për një dopio të tretë, pa edhe nga unë, unë miratova. I çoj dy gishtat për t'i thënë që duam dy dopio.

"Morëm fund për një palë brekë, paske qenë tersi im dhe i vetes. Po dopiot pse s'i bjen ai mut?!".

Brekët e mia me syze ishin mbi kokat tona, pasi ishim ulur pikërisht në tavolinën që ndodhej poshtë burgut tonë të ardhshëm. Tavolina ku po konsumonim grapa pa hesap filloi të më ngjajë me qelinë tonë në Spaç, Burrel apo Qafë-Bari. Asnjëri prej nesh nuk guxonte t'i ngrinte sytë lart për të parë brekët e mia të grisura. Tani nuk më dukeshin më si syzet e drejtorit, por si prangat apo si i quanin byzylykët, që do të viheshin mbi duart tona sapo të mbërrinim në Rinas. Kamerieri s'na i ndante sytë dhe nisi të na sillte gjithfarë mezesh në ca pjatanca që ndaheshin në dhomëza të vogla. Ullinj, djathëra, sardele, proshuta, turshi. Ky kujdes e shtoi edhe më shumë frikën dhe dyshimet që ne të dy dhe familjet tona kishim marrë fund.

"Dua të shkoj në banjë të vjell", i thashë drejtorit. Më këqyri me një shikim të përvuajtur dhe dyshues, sa më

bëri që të vjell në tavolinë. Dhe volla vërtet.
"Na fëlliqe!", tha drejtori, "ti jo vetëm s'ke brekë në bythë, por as këllqe të mbash një gotë raki!".
Kamerieri erdhi me një gotë ujë; gjithë delikatesë dhe mirësjellje na tha që të dilnim në tavolinën tjetër. Drejtori më tha që isha zverdhur dhe kisha marrë pamjen e djallit.
"Është më mirë të shkosh në dhomë". Dhe ashtu bëmë. U ngjitëm lart, i kërkova ndjesë dhe i thashë që do flisnim të nesërmen. U rrasa në dush, nuk e di sa kam ndenjur, ndoshta aty brenda mund të kem bërë edhe një sy gjumë.
Ai dush më mori në qafë mua dhe drejtorin. Të nesërmen prapë e ndjeva trokitjen e derës dhe shtyrjen e derës, që gjithmonë e lija hapur. Drejtori hodhi mbi krevatin tim një tufë me brekë, më tha të vishja një palë pa syze dhe se më priste në restorant. Dhjetë palë brekë "Armani" ishin tashmë mbi këmbët e krevatit tim. U çova dhe të parën punë që bëra ju afrova dritares. Brekët e mia me pranga ishin në të njëjtin vend, ku kishin përfunduar duke fluturuar si pëllumb këmbëthyer rreth njëzetë e katër orë më parë. Nxitova, i vesha Armanit dhe sikur ma lezetuan dhe ma rehatuan edhe organin seksual, që u kruspullua dhe u shtriq në atë hapësirë të krijuar nga modelisti i famshëm enkas për rehatinë e tij kur del rrugëve.

Fillova të ndjehem mirë edhe në krye. Aty për aty më erdhi një mendim absurd: "ne shqiptarët mendojmë me kokën e vogël dhe jo me të madhen". Sapo u ula në tavolinë, ia thashë drejtorit këtë mendim idiot. Ai tha ftohtë se s'ishte mendim idiot, përkundrazi, fatkeqësisht i vërtetë dhe vazhdoi:

"Brekët me byzylykë janë akoma aty, morëm fund, do përfundojmë në burg ne dhe familjet tona.

Na morën në qafë një palë brekë. Sot do jemi në panair, kemi dy takime të rëndësishme, në fakt tri, dy të parat janë zyrtare, i treti është privat. Kam menduar gjithë natën, ti je i ri, s'ke pse përfundon në Spaç apo Burrel, ndiq rrugën e lirisë. Takimi i tretë është me një miken time zvicerane, është rreth të pesëdhjetave, por është e mbajtur mirë, jam i sigurt që do të pranojë të jetojë me ty. Është beqare, ka ekonomi të mirë, është aktiviste e Partisë Komuniste të Zvicrës, është njëri i mirë do t'i them që të martohet me ty. Unë kthehem në Shqipëri dhe bëj burgun tim, meqenëse unë gabova me brekët e tu, ti nuk e meriton burgun, je i ri, jetoje jetën edhe pse paske qenë tersi im, tersi i jetës sime, edhe pse më pëlqeve që kur të pashë. Kështu paska qenë e shkruar: unë në burg, ti në liri. Gjithë natën e kam menduar këtë skenar. Ti e ke në dorë, vendos më mirë në liri se në burg. Unë paskam qenë i destinuar ta mbyll me mut karrierën time, ky paska qenë fati im edhe pse më shumë i kam besuar partisë se zotit".

Ndërsa ai fliste me përvujtni dhe përkushtim, mua më ishte tharë goja dhe mpirë truri. Aq sa pata frikë se po më ndodhte një lidhje e shkurtër dhe po digjesha si llambë elektrike. As fola, as kundërshtova, veç i shkova mbrapa si qengji pas ujkut. Hipëm në taksinë e hotelit dhe mbërritëm në Plazza Duoma, ku ishte edhe panairi i metaleve për të cilin kishim ardhur. Në orën nëntë e tridhjetë minuta u inaugurua me një ceremoni modeste hapja e panairit. Pavijoni ku prezantohej Shqipëria kishte madhësinë e një WC-je publike, mineralet e vendit tim ishin vendosur në një panel me kate të shoqëruara me nga një etiketë të vogël në gjuhën italiane dhe angleze, sa mezi lexoheshin. Për stendën tonë ishte interesuar ambasada jonë në Romë dhe Instituti i Kërkimeve Gjeologjike. Drejtori do të ishte i pranishëm si përfaqësues i Shqipërisë dhe, siç më kishte lajmëruar më parë, kishte një takim me një kompani japoneze, e cila kishte shfaqur interes për Uzinën e Telit në Shkodër. Ajo kompani donte të blinte gjithë prodhimin e uzinës dhe, siç morëm vesh më vonë gjatë bisedimeve, e donin thuajse si lëndë të parë dhe jo si produkt të përpunuar. Kishim edhe një takim me një kompani suedeze për kromin. I gjithë kromi ynë, siç mësova, eksportohej nga kompani Jugosllave si produkt jugosllav me një marrëveshje politike dhe çmimi i blerjes në Shqipëri ishte dhjetë herë më i lirë se ai i shitjes në Suedi. Suedezët propozuan një çmim të paktën shtatë herë më të lartë se ai me të cilin ua shisnim jugosllavëve, nëse ata do ta merrnin drejtpërdrejt nga Shqipëria në Portin e Durrësit ose në minierat prej ku nxirrej. Takimi me suedezët ma rrëqethi mishin, i gjithë kromi shqiptar nxirrej nëpër kampet ku do të përfundonim unë dhe drejtori, sapo të zbrisnim në Rinas, për shkak të brekëve të mia me byzylykë.

Edhe pse punonjësit e ambasadës sonë dhe ai i institutit të gjeologjisë nuk shfaqën asnjë dyshim të adresuar ndaj nesh për çështjen e brekëve të mia, që vazhdonin të dergjeshin në pishën-bredh poshtë dhomës sime, në verandën e hotelit tonë, kolera e frikës e kishte pushtuar gjithë qenien time.

Kontrata me kompaninë japoneze u firmos, ndërsa me suedezet jo, edhe pse ishte disa herë më e leverdishme se ajo që kishim me jugosllavët. Nuk guxova ta pyes se pse, por ai më shpjegoi s'kishte autorizim nga ministria. Kaq ishte puna jonë zyrtare në panairin e mineraleve në Milano.

U përshëndetëm ftohtë me punonjësen e ambasadës sonë në Romë dhe inxhinierin e Institutit të Gjeologjisë dhe dolëm nga Duoma Plaza për të mbërritur tek takimi i tretë, i cili nuk ishte as në axhendën zyrtare të ministrisë, aq më pak në axhendën time personale. Për pak minuta u gjendëm në një restorant, ku luksi çmendej. Aty gjetëm duke na pritur zonjën Blanche Pelletier. Ajo u puth në faqe me drejtorin katër herë, ndërsa me mua dy herë. Dreka ishte befasuese, as në filma s'e kisha parë, tre kamerierë ishin në shërbimin tonë. Në restorantin e rëndë të stilit klasik ishin edhe dy apo tri tavolina veç nesh.

Aq shumë më pëlqeu atmosfera, sa i harrova brekët me byzylykë. Unë flisja frëngjisht me zonjën, drejtori pak italisht, pak rusisht. Ja tha copë ngjarjen që na kishte ndodhur. Djalin nuk e dua në burg, sa për vete ta hajë dreqi. Ta kam premtuar një burrë shqiptar, ja ku e ke, merre. Unë po shkoj në burg, jo për ty, për këtë djalë. Ndërsa drejtori fliste copa fjalësh në disa gjuhë, unë ia kisha qepur sytë znj. Blanche, në këtë kohë po mendoja më mirë burgos penisin tim me këtë plakë, se bythën me një qind burra në burg të Burrelit dhe aty për aty vendosa.

"Do të vij me ty zonjë, do të bëhem qenushi yt, bëj çfarë të duash me mua, ky ishte fati i udhëtimit tim të parë jashtë Shqipërisë".

Ajo ma mori dorën me përkëdheli, më gudulisi deri në gjoks dhe organi im seksual nisi të këndonte në brekët "Armani", që m'i kishte hedhur drejtori mbi krevat atë mëngjes.

Dreka e "martesës" sime ishte e mahnitshme, pagesa e frikshme. Kur dolëm në oborrin e restorantit, një punonjës i parkingut solli një "Porsche panamera", ngjyrë mushkërie, që shkëlqente te këmbët tona. Ngjitur me të ishte edhe një taksi. Drejtori m'u afrua, më pa drejt e në sy, duke më pyetur "nëse do zgjidhja Porshin për në Zvicër, apo taksinë për në burg?". Pa folur fare, u përqafa me drejtorin e shkova drejt Porshit. Drejtori u shkreh në krahët e znj. Blanche dhe pas pak sekondash u rras në vendin e pasmë të taksisë "Alfa Romeo". Nuk mbaj mend nëse u përshëndetëm me dorë apo jo. Znj. Blanche, me një ftohtësi prej Himalajesh, e falënderoi me përzemërsi burrin me uniformë dhe mua më dhuroi një buzëqeshje të dhembshur. Nuk udhëtuam më shumë se dhjetë minuta nëpër qytet dhe dolëm në autostradë. Porshi rrëshqiti si nëpër filma dhe mua më humbi radari. Pas nja një ore dolëm nga autostrada dhe u ngjitëm në një rrugë që gjarpëronte nëpër male, për t'u ngjitur në një majë të mbuluar me borë. Më ish tharë goja e mbyllur njëkohësisht. Rrugës shihja herë pas here tabela që na lajmëronin që po i afroheshim kufirit me Zvicrën. Pas pak ndaluam në një pikë kalimi kufitar, që ndante dy shtetet. Znj. Blanche ngadalësoi shpejtësinë dhe i buzëqeshi gjithë mirësi një polici, që rrinte ulur në kabinën e kufirit të Italisë. Me të njëjtën buzëqeshje iu përgjigj edhe policit italian. Pas nja katër-pesëqind metrash, znj Blanche e ndali veturën dhe doli prej saj, u fut brenda kabinës dhe nuk vonoi më shumë se një minutë dhe u kthye prapë në ulësen e saj të shoferit. "Avec deux cents francs c'etait ferme", tha dhe i futi marshin makinës.

Në këtë moment e kuptova që i lava duart me të paktën dhjetë vjet burg për brekët me byzylykë, por nuk po e kuptoja se ç'do të ndodhte me jetën time.

Gotat e uiskit ishin tharë, por edhe ora kishte ecur. I lypa leje bashkudhëtarit tim, kisha nevojë të shkoja në tualet. Nuk e di për të pshurrur apo për t'u çliruar nga kjo histori krejtësisht e pa imagjinuar.

Shkova në banjë e bëra edhe shurrën. Në altoparlantët e aeroportit dëgjova se pasagjerët e linjës Zyrih- Tiranë duhet të paraqiteshin te "Gate" nr. 6. Agim Haskun e gjeta të çuar në këmbë.

- Të mërzita me historinë time, - më tha, - të kërkoj ndjesë, por dije se kurrë s'ia kam treguar kujt, s'kam pas kujt t'ia tregoj, kam jetuar si në burg. Drejtori im bëri vetëm tri vite burg, ndërsa unë kam pesëmbëdhjetë vjet që dergjem në burgun e zonjës Blanche.

    Duke ecur drejt "Gate" nr. 6, e falënderova për pijet dhe i thashë që jo vetëm s'më kishte mërzitur me historinë e tij, por ma kishte lehtësuar pritjen në aeroport. Në avion vendet tona ishin larg njëri tjetrit. Në Rinas u përshëndetëm me dorë; ai doli në anën e të huajve, ndërsa unë në radhën e gjatë të shqiptarëve. Kurrë s'e pashë më atë njeri.

JORGOJA I TROPOJËS

Mehmet Miftari lindi pak para fillimit të Shekullit XX. Varfëria dhe skamja në shtëpinë e tij kishte qenë mallkim brezash. Shumë pak tokë dhe për pasojë edhe më pak bagëti të imëta. E vetmja pasuri ishin katër-pesë rrënjë mana të mbjellë çrregullt në atë copë oborr. Askush nuk e dinte se kush i kishte mbjellë aty. Veç periudha maj-qershor, kur ato piqeshin, ishte festë në atë familje me shumë fëmijë, koha kur uria merrte arratinë. Ndërsa Mehmeti rritej, ekonomia e familjes veç keqësohej; ai vetë shkonte në të kundërt të rrjedhës së familjes. Përveç që lëshonte shtat, bëhej përditë edhe më i pashëm, edhe më i mençur. Mësoi se lufta, po nuk ta mori jetën, të bën të pasur. Vendosi që aty ku do të kishte luftë, do të ishte edhe Mehmeti.

Luftoi krahë për krahë austriakëve, turqve, iu bashkua forcave të Isa Boletinit, që shkuan drejt Vlorës për të shpallur Pavarësinë e Shqipërisë.

U rreshtua në ushtrinë e qeverisë së Vlorës, por, kur pa që nuk po i paguanin, dezertoi. Më pas krijoi një çetë të vogël të armatosur, me një uniformë të çuditshme, që s'i përkiste asnjë shteti dhe u soll nëpër Shqipërinë e Mesme derisa iu bashkua trupave rebele të Haxhi Qamilit.

Me atë çetë bëri plaçkë sa në dy luftëra të marra së bashku. Për do kohë u tërhoq në fshatin e tij, ku ndërtoi një shtëpi si gjithë katundi, bleu lopë dhe një tufë dhish. Kalin e tij s'e kishte kush në gjithë katundin, një vraç i zi, që i shkëlqente qimja si mëndafsh kine.

Më 1920-n mbërriti në Vlorë. Jo për t'u rezistuar italianëve, por për t'u bashkuar me ta. Kur u tërhoqën italianët, Mehmeti u kthye prapë në shtëpi edhe kësaj radhe me plaçkë bukur të majme.

Gjatë qeverisjes së Mbretit Zog pa punët e tij dhe s'u përzje asnjë ditë me të. Sa mori vesh që vendi u pushtua nga Italia, u bashkua rishtazi me ta, ku u emërua komandant i një njësie territoriale në Kosovë.

Shumë shpesh kthehej në fshat me kuaj të ngarkuar me gjithfarë mallrash. Për shkak të aftësive të tij luftarake e çuan në frontin e luftës me grekët. Kur grekët merrnin vesh që po vinte kompania e Mehmetit, lëshonin fshatrat dhe u ngjiteshin maleve. Diku ndër ato fshatra të Thesalisë, në Kalabaka, Mehmet Myftari do të njihte një grua, e cila do t'ia ndryshonte krejt rrjedhën e jetës dhe sidomos mendimin për luftën. Diçka i mbeti peng gjithë jetën; s'mundi kurrë ta shqiptonte të plotë emrin dhe mbiemrin e saj, edhe pse i çahej zemra sa herë e shihte dhe sa herë e kujtonte.

Sado i shkolluar e i shëtitur ishte, prapëseprapë atë emër të gjatë e të ngatërruar të gruas që donte nuk arriti ta mësonte. Grekja e bukur, në dokumentet e saj të lindjes, e kishte emrin Anaksimandhros, emrin e të atit Jorgos dhe mbiemrin Aleksandrukos.

Mehmeti kishte shkuar me shumë gra në dyzet e tre vjetët e jetës së tij, por kurrë s'kishte provuar të binte në dashuri me një grua, s'kishte pasur kohë për atë punë. Grekja e bukur nga Kalabaka e gjunjëzoi, ra brenda këmbë e krye, aq sa dezertoi nga ushtria italiane dhe bashkë me të i hipi rrezikut të udhëtonte mes përmes Shqipërisë, tashmë prej tri vjetësh nën kurorën e Viktor Emanuelit III, për të mbërritur në shtëpinë e tij në skajin më verilindor të hartës administrative të vendit. Ai do të ishte udhëtimi i jetës së tij. Dy javë pasi mbërritën në katund u bë dasmë e madhe. Grekja e bukur, që s'ia mësoi kush emrin kurrë, ndenji tri ditë në divan, herë e veshur me vello të bardhë, herë me pështjellak të gjërë dhe herë me veshje greke.

S'mbeti kush në krahinë pa e çmuar bukurinë e saj, aq sa e morën vesh edhe autoritetet italiane që Mehmeti kishte mbërritur në fshatin e tij të lindjes dhe e shpallën menjëherë "person shumë të kërkuar".

Miqtë e tij në komandën rajonale e lajmëruan Mehmetin dhe prej asaj kohe ai doli komit nëpër male. Gjashtë muaj pas mbërritjes në fshatin e lindjes së Mehmetit, greken e bukur e zunë dhimbjet e lindjes. Plakat e shtëpisë, edhe pse u munduan me sa dinin e me çka kishin, s'ia dolën ta shpëtonin.

I biri lindi si kokrra e mollës dhe u pagëzua me emrin e të atit të grekes së bukur. Mehmeti, për shkak të humbjes së lidhjes së gruas së tij të dashur me njerëzit e saj, e kishte pranuar atë emër të çuditshëm për zonën. Grekja e bukur u përcoll për në varrezat e fshatit me po aq madhështi sa edhe kur ishte martuar.

Ngaqë emri Jorgo ishte krejtësisht i panatyrshëm për zonën, të gjithë e thirrën Bebi. Kurrë s'e mori kush vesh nëse Jorgo qe biri gjenetik i Mehmetit; as ai vetë s'ishte i sigurt. Pas humbjes së dashurisë së tij të parë dhe të fundit, Mehmeti iu kthye pasionit të tij të vjetër, luftës. Duke qenë në mal, iu bashkua çetave partizane, si gjithmonë pa asnjë ideal, thjesht për mbijetesë dhe plaçkë. Kur ikën gjermanët, Mehmeti u vesh ushtarak i regjimit të ri që u vendos në Shqipërinë e pasluftës. Të birin, Jorgon, pranvera e vitit '45 e gjeti rreth katër vjeç. U rrit, jetoi dhe është gjallë edhe sot e kësaj dite.

Në historinë e Mehmetit, këtij luftëtari enigmatik, mund të ketë edhe të pavërteta, ndërsa që "Jorgo Papa është greku i vetëm prej Tropoje, nuk e luan as topi i turkut, as mortajat e grekut", siç i pëlqente të atit të shprehej.

Sarandë më 13 korrik 2020

BURRIT QË I KRUHEJ

Kohëve të fundit, shpesh e më shpesh, po i kruhej shpina. Diku midis dy shpatullave, një pelçik poshtë rruazës së epërme të qafës. E kishte pothuajse të pamundur ta kruante vetë. Mundohej e stërmundohej, por s'ia dilte ta kruante aty ku i kruhej më shumë. E shoqja, një grua zevzeke, gjithmonë do të ishte duke bërë një punë në shtëpi. Ajo kurrë nuk gjendej e ulur, larg qoftë e shtrirë; ose në banjë, o në kuzhinë, duke hekurosur apo me leckë në dorë, në një betejë dëshpëruese kundër pluhurave. Kërkesës së bashkëshortit për ta kruar, do t'i përgjigjej me fjali të shkurtra justifikuese, që burrin e acaronin edhe më shumë.
- Duro, kam punë nëpër duar! – përgjigjej.

Herë-herë i thoshte "erdha" e nuk shkonte, herë tjetër se i kishte duart pis, se ndodhej në banjë, madje herën e fundit i kishte piskatur me nervozizëm:
- Shko vizitohu te dermatologu!

I pakënaqur prej kësaj sjelljeje, burrit i qe mbushur mendja që as ia vlente më t'i kërkonte të shoqes ta kruante.

Vajza e tyre e vetme, një adoleshente e hijshme e fortë e gjallë, të shumtën e kohës nuk gjendej në shtëpi. I kishte kërkuar edhe asaj me përvujtëri, t'ia kruante atë messhpatullash të mallkuar. Ajo kishte pranuar e, pas dy-tri fërkimesh mbi këmishë, i kishte kërkuar një mijë lekë. Ia kishte dhënë me kënaqësi. Më vonë, e bija i qeshte me një sjellje petulluske e i kërkonte dy mijë lekë para se ta kruante. Kjo nuk i pëlqeu burrit; jo për shkak të shumës, por më tepër se iu duk vetja i mjerë. Vendosi ta ruante krenarinë e të mos ia kërkonte as të bijës atë shërbim aq të vogël.

Ndjehej i aftë për shumëçka, por ai vend i mallkuar, i paarritshëm për t'u kruar, kishte filluar t'ia lëkundte besimin në vetvete. Kur ishte vetëm, i afrohej ndonjë dritareje të hapur e kruhej pak; ashtu bënte edhe nëpër dyer e qoshe muresh, por ruhej se mos e shihte kush e turpërohej. Përdori edhe një vrasëse mizash, një lugë këpucësh, me bisht të gjatë, por rezultatet qenë vërtet të dobëta.

Iu vu kërkimit nëpër faqet e shitjeve në linjë, me fjalë kyçe si "kruajtje", "mjet ndihmës për kruajtje" e "kruajtëse universale". Ato që gjeti e bënë edhe më pesimist: kishte mjete për të gjitha llojet e kruajtjeve, por jo për atë vend, një pelçik poshtë rruazës së fundit të qafës!

Një pasdite gushti, kur po i kruhej për qamet, më shumë se asnjëherë tjetër, ndihma e të madhit Zot e bëri të kalonte afër "Sallon masazhi - Lily". Ishte mbushur plot qyteti me atë industri fërkimi, por atij s'i kishte shkuar ndërmend se fërkim e kruajtje s'janë fort larg prej rezultatit. Ktheu në shtëpi, bëri dush, veshi një kostum sportiv, me një pesë mijëshe në xhep e ia dha në derën e sallonit.

Në hollin e freskët të qendrës, dy vajza të bukura, njëra bionde e tjetra brune, qëndronin të ulura në karriget rrotulluese, para një banaku ngjyrë jeshil, që kishte formën e mollëve dietike. Ngjanin si dy kukulla "barbie". Pasi u përshëndetën, burri u tregoi arsyen pse ishte aty. Vajzat buzëqeshën të përmbajtura; ua lypte etika e punës, edhe pse dukej haptas se mezi e mbajtën një të qeshur të fortë. Biondja mori përsipër t'i shpjegonte llojet e masazheve dhe çmimet. Burri, që po vdiste nga kruajtja, zgjodhi masazhin për gjithë trupin: tridhjetë minuta për dy mijë lekë. Biondja i priu drejt kabinës. Ai e ndoqi. Po i dukej vetja si një mzat. Sapo u zhvesh dhe u shtri përmbys në shtratin që shndriste nga pastërtia dhe aromat e mira, i kërkoi vajzës me urgjencë t'ia kruante shpinën pikërisht aty ku atij i kruhej aq ligsht. Vajza, me duart e saj të buta, të lyera me vajra bimore, ia kroi dhe fërkoi aq ëmbël shpatullat, qafën, brinjët, ijët dhe kofshët sa burri u shkri nga kënaqësia. Dhoma gjysmë e errët, dritat e lehta, që kalonin butësisht nga jeshile në violet e më pas në vjollcë të fortë, dhe sinkronizimi me tingujt e një muzike orientale, bënë që burri ta harronte kruarjen e shpinës dhe nisën t'i kruheshin dhe fryheshin koqet. Tek hyrja, gjatë prezantimit të ofertave, kishte parë se mund të jepej edhe ai shërbim. Nuk i kujtohej saktë çmimi. E pyeti bionden. Ranë dakord.

Kur po dilte, iu duk vetja në një tjetër botë.

"Gruaja le të vazhdojë të fshijë pluhurat!", mendoi dhe u ul të pinte një birrë të freskët.

CEREMONIA E LAMTUMIRËS SË HAMSTERAVE

Telefonin e kapën ethet. Dridhej me këmbëngulje. Dikush donte të fliste me mua me çdo kusht. Ishte im bir. Ora tre pas mesnate.

- Hamsterat na lanë!

Zëri i tij më erdhi i panatyrshëm, i zbërdhulët, i shurdhët. I ngjashëm me ato pasthirrmat kur e thërras mëngjeseve ta zgjoj nga gjumi për ndonjë punë apo orar për të cilat vetë më porosit mbrëmjeve. Punët e tij i kryejmë ne. Ai e di këtë.

Ngula këmbë të merrja informacion më të plotë, pasi nuk isha i sigurt nëse e kisha kuptuar mirë.

- Hamsterat, baba, hamsterat! Kanë vdekur!
- Mbaje veten, burrë! - iu përgjigja. - Tek e fundit dy qenie të shpifura po i shtohen botës tjetër, s'u ba nami!

Ma mbylli telefonin. Kuptova që mbeti qejf prishur. Për ta përmirësuar pak shpirtngushtësinë time, ia dhashë gruas telefonin e iu luta të gjente një mënyrë të kujdesshme për ta ngushëlluar birin për "humbjen e rëndë" – prapë s'e ndalova veten pa shtuar një dozë cinizmi. Brejtësit, që im bir i thërriste "Hamstera", ngjanin me minjtë për nga madhësia e trupit dhe me ketrat për mënyrën si silleshin me farat që konsumonin në kasollen e sajuar. Jetonin me ne prej dy vjetësh. Vajza jonë e vogël ishte me ne në pushime. Në shtëpi kishin mbetur djemtë dhe hamsterat. Nuk më pëlqenin ato kafshë. Nuk kishim pasur fat asnjëherë me kafshëzat apo shpendët shtëpiakë.

Ndoshta s'ka rënë rasti t'ju tregoj për çiftin e papagajve. Edhe ata u shfaqën befas në shtëpinë tonë. Një mëngjes i gjeta në kafaz në sallon, ndërsa djali flinte pranë tyre, me disa kokrra farash në dorë. Aq të thellë e ka gjumin im bir, sa nuk e zgjojnë as altoparlantët e xhamisë, le më papagajtë. Dikur, nga dreka, na tregoi se ia kishte falur një shok që do të largohej nga Shqipëria me gjithë familjen. Papagallit mashkull i vura menjëherë emrin e një politikani llapaqen, se s'i pushonte sqepi asnjë sekondë. Vetëm pak ditë më vonë, llapaqeni përfitoi nga dera e pa mbyllur mirë e kafazit dhe ia mbathi. S'u kthye më kurrë. As që u mërzita për të, por zogëza-papagalle kishte të tjera lidhje me ikanakun. Zonja zogëz, mbetur vetëm, dha shpirt nga marazi. E varrosëm me një ceremoni modeste pak metra nga ballkoni i shtëpisë sonë të vjetër.

Pak më vonë, djali i vogël i bëri dhuratë të vëllait dy breshka uji, për të cilat na thanë se vinin nga Peruja. Breshkanin e pagëzova me emrin Valbon, ndërsa breshkën me emrin Buna.

Mua dhe gruan na merr malli për vendlindjen, ndaj ja ku i sollëm emrat e lumenjve të bukur brenda një akuariumi me dy breshka.

Valboni dhe Buna i gëzoheshin kthimit tonë në apartament. I lëviznin këmbët e vogla në formë lopatash, nxirrnin qafat sa mundnin prej zhguallit e dukeshin sikur mezi kishin pritur të na shihnin. Më duhet ta pranoj se nganjëherë ulesha pranë tyre e u flisja.

Pas tre vjetësh ndodhi. Valboni, prej disa orësh, rrinte

me bark përpjetë e pluskonte në ujë. Thirra një veteriner.
- Ka mbaruar!
M'u duk si ata mjekët që shoqërojnë skuadrën e pushkatimit. "Veteriner i bashkisë, mendova, për të tredhur qen". Gjithsesi, pas dy ditësh edhe Buna dorëzoi lopatat e u kthye me bark përpjetë. Në varrimin e tyre u ndjeva vërtet i pikëlluar. Me këtë barrë dhimbjeje në zemër, iu luta djemve të mos na sillnin më kafshë në shtëpi.

Vite më vonë, im bir, që e kishte harruar lutjen time, ia dha në derë e me një butësi e përvuajtje të pazakonte më tha:
- Të lutem, mos thuaj jo!
Ndjeva erën e një komploti të vogël kur pas tij pashë të voglin, dymetërsh edhe ai. Ja kështu ia behën banorët e rinj, hamsterat e djemve.

Si shenjë që s'isha i një mendjeje me ta, vendosa të mbaja një qëndrim indiferent ndaj brejtësve gazmorë. S'ua mësova kurrë emrat, aq më pak të interesohesha se cili qe zotëria, e cila qe zonja. Ngjyrën e lëkurës dhe turinjtë i kishin njëlloj. Zonja s'vinte kurrë buzëkuq; nga ta njihja? Si ta dalloja?

Vdekja e tyre nuk u konstatua nga ndonjë veteriner bashkie. Thjesht djemtë qenë kthyer në shtëpi e s'kishin dëgjuar as zhurmë, as lëvizje. I kishin prekur. Të ftohtë të dy. Me sy të mbyllur përjetësisht. I vendosën në një kuti kartoni e ashtu, me lot në sy, vendosën t'i varrosnin po atë natë. I kërkuan një shoku makinën, i cili kishte marrë me vete edhe dy të tjerë dhe, ashtu të gjithë bashkë, në ato orë të para mëngjesi, shkuan te Kodrat e Liqenit. Nën dritat e makinës, me një çekiç hapën një gropë në rrënjët e një selvie.

Orë e vonë, makina e ndezur dhe pesë djem të rinj që gërryenin, ishin të mjaftueshme për të zgjuar nga gjumi vigjilencën e informatorëve të policisë. Akoma pa e mbuluar mirë me dheun e njomë, kutinë e kartonit ku preheshin hamsterat, kishin vërshuar tri makina policie me sirena dhe alarme, prej të cilave u derdhën dhjetë policë të armatosur, duke bërtitur: "Mos lëvizni! Policia e shtetit". Djemtë kishin ngrirë. Automatikë, skafandra, elektrikë e prozhektorë makinash.

- Po varrosim dy hamstera, dy kafshë të vogla, që vdiqën sonte, - mundi të thoshte mes lotëve djali i madh.

Dy prej policëve nxorën prej gropëzës kutinë e kartonit. E hapën nën dritat e forta. Dy hamsterat e përqafuar me njëri tjetrin, ashtu siç i kishin rehatuar mes lotësh, por me shumë kujdes në shtëpi. Nën urdhrin e një oficeri, kutia e kartonit me hamsterat u rifut nën dhe. Ndërkohë që dhjetëra uniforma rrinin të heshtura në pritje të mbarimit të kësaj ceremonie.

- Para një jave kam varrosur qenin tim! Ngushëllime për hamsterat tuaj! – u tha oficeri që drejtonte patrullën, duke u shtrënguar dorën djemve të mpirë.

Pak minuta më vonë, gjithçka kishte rënë në qetësi. Pikërisht atëherë më kishte thirrur im bir:

- Hamsterat na lanë!

Gruaja ndenji në telefon me djemtë deri afër mëngjesit. Unë dola në ballkon. Ishte ngrohtë. Saranda po jepte shenjat e para të zgjimit. Hamsterat s'kishin pasur dashurinë time. S'besoj se e kanë ndjerë mungesën e saj, por gjithsesi kishin qenë me fat. U përcollën për në banesën e fundit me një ceremonial mortor nga policia e shtetit.

Sarandë, korrik 2020

PRINCESHA E KALTËR

Kur isha fëmijë, vizitoja me shumë kënaqësi fshatrat ku kishin lindur prindërit e mi. Ishin jo shumë larg njëri-tjetrit. I ndante një kodër jo fort e thiktë, por ishin krejt të ndryshëm, si nga relievi edhe nga bukuria. Por, për hir të së vërtetës, të dy fshatrat ishin të bukur e të veçantë. Unë kam pasur një dëshirë të papërmbajtur të shkoja tek ato, edhe pse s'më pëlqente hiç jeta e vështirë që bënin banorët e tyre, por atje ishin shtëpitë e lindjes së prindërve të mi, varret e të parëve të tyre dhe, ç'është më e rëndësishmja, aty jetonin gjyshërit e mi. Shtëpitë ku kishte lindur nëna dhe babai më dukeshin aq të ëmbla dhe idilike sa nuk ngopesha me aromën e tyre. U vinte era lopë, dele, dhi, pelë e maz, bylmet, mish i tharë mbi oxhak, por edhe ftonj e molla verdhoshe, sapun "Venus" dhe gjithfarë lloj barnash, që fshiheshin në palat e teshave të dollapit në qylerët e gjysheve. I doja ato qylerë, jo vetëm sepse aty kishin lindur nëna dhe babai im, por edhe për një fakt tjetër; e urreja pamëshirshëm vendin ku më kishte thënë nëna se kisha lindur. Unë kam lindur në një dhomë spitali, në qytetin që u krijua pas Luftës së Dytë. Nëna ma ka treguar dritaren e dhomës ku më ka lindur, që aso kohe shërbente si pavijoni i maternitetit. Spitali kishte ardhur duke u zgjeruar dhe duke shtuar katet dhe tashmë ajo pjesë që kishte shërbyer dikur si pavijoni i lindjeve ishte shndërruar në psikiatri. Pikërisht në dhomën ku kisha kaluar unë ditët e para të jetës, në katin e parë të spitalit të qytetit, çdo pranverë ngujohej Salihi i Geghysenit, i çmenduri më frikshëm i qytetit tonë. Kjo për mua ishte një arsye e mjaftueshme për të mos pasur asnjë pikë konsiderate apo dëshire për t'u kthyer te vendi ku kisha lindur. Ndoshta kjo ishte edhe arsyeja pse unë kisha një dëshirë të marrë dhe të papërmbajtur për të shkuar sa herë që më jepej mundësia te katundet ku kishin lindur nana dhe baba im, aty ku jetonin gjyshërit e mi. Druaj që kjo ndjesi ma kish ngulitur në ndërgjegje edhe dëshirën për të shkuar sa më larg në lindje, po aq larg sa të mos kisha më dëshirë të kujtoja vendin ku kishte lindur vetja ime. Kushedi kjo mund të ketë qenë edhe arsyeja pse Aleksandri i Madh, me ushtrinë e tij të paarritshme, nipi ynë i madhërishëm, u nis aq trimërisht dhe aq krenarisht për t'u ndalur më larg se kushdo tjetër pas tij, drejt lindjes. U munduan më pas perandorë romakë, bizantinë, Napoleoni, Hitleri dhe Benito Musolini, por asnjëri s'arriti ta mbërrinte Aleksandërin e Madh. Nipit tonë ia kaluan në ekspansionin e tij drejt lindjes vetëm tregtarët, pelegrinët, bohemët dhe poetët, por jo armët dhe ushtritë, sado që u sofistikuan.

Udhëtimin tim drejt lindjes e bëra si kërkues shkencor. Ëndrra për të shkuar në lindje ishte pjekur në vetëdijen time qysh në fëmijëri, thjesht nga ai fakt naiv që ju tregova me lart: dhoma ku kisha lindur ishte shndërruar në çmendinë. Por jo vetëm dhoma, kati dhe spitali ku kisha lindur unë, por gjithë qyteza, rajoni dhe atdheu im prej vitesh dhe dekadash kishin shërbyer si burg dhe çmendinë për banorët e saj.

Kur erdhi dita ta realizoja udhëtimin drejt lindjes së largët, aplikova në një program të përshtatshëm për formimin tim profesional dhe isha i sigurt që do të fitoja. Nuk vonoi ajo që e dija se do të ndodhte. Një intervistë telefonike nga qendra e JIKE-së, miratimi i bursës ishte thjesht një formalitet që u krye sipas të gjitha akteve burokratike. Viza për Japoni merrej në Ambasadën e Japonisë në Romë. Mbeta pa frymë kur pashë kostonë e bursës time katërmujore në Japoni. Shteti japonez shpenzonte plot dyzetë e pesë mijë euro për të plotësuar ëndrrën time të një udhëtimi në lindjen e largët, vetëm që t'i largohesha sa më shumë atij spitali të çmendur ku kisha lindur. Për arsye naive, dhomën ku kisha lindur tridhjetë e dy vjet më parë, në të cilën çdo pranverë shtrohej Salihi i Geghysenit, nuk e dija akoma nëse e urreja, e kisha frikë apo e adhuroja.

Gjithçka shkoi siç doja unë; dy netët e Romës, aq sa ishin planifikuar që unë të pajisesha me vizë japoneze dhe pastaj të vazhdoja aventurën time lindore, ishin si një ëndërr e bukur. Hoteli "Coloseo", vetëm treqind apo katërqind metra mbi "Coloseo de Roma", ishte jo shumë luksoz, por të dukej vetja sikur ishe në një vilë private, ku mund të jetoje si një princ larg syve të principatës tënde. Pastaj darka në sheshin "Scanderbeg" afër "Fontana di Trevi", vizita në Vatikan, shoqëruar prej një mikut tim të hershëm, i cili kishte më shumë se njëzetë vjet që punonte në atë parajsë të besimit kristian. Pritjet në Ambasadën tonë në Romë, në fillim nga ambasadori dhe ditën tjetër nga atasheu kulturor, një poet i zëshëm i vendit tim, ma bënë udhëtimin që më priste edhe më entuziast. Miku im poet më tha se ishte i lumtur për mua që po shkoja në Japoni, "ai vend ka poetë të jashtëzakonshëm, ai vend është pasuri e poezisë botërore". Vërtet që kisha dëgjuar për haikun japonez dhe për këtë shkollë poezie, por nuk njihja dhe nuk e besoja që Japonia është vend poetësh. Unë si një idiot i lindur në një dhomë spitali, që tani ma zinte çdo pranverë një i çmendur kronik, Japoninë e kisha menduar një vend më shumë se industrial, ku njerëzit janë si fishekë, që futen në një karikator dhe mund t'i shprazësh në të njëjtën dinamikë pa kurrfarë ndryshimi. Nejse, do të udhëtoja për në Tokio me agjencinë "Al Italia", në një avion transoqeanik "Boeing 747-400 ER", një nga avionët më të mëdhenj në botë, në zhguallin e të cilit mund të futeshin mbi pesëqind pasagjerë. Shpenzimet e udhëtimit tim vajtje-ardhje, Tiranë-Romë-Tokio-Obihiro dhe kthim, përfshirë edhe disa udhëtime të brendshme po me avion, siç mësova më vonë, do të kushtonin plot shtatë mijë e pesëqind euro, të gjitha me bileta "first classe". Kaq para ndoshta s'kisha shpenzuar gjithë jetën time për udhëtime, mendova, para se sytë e mi të ngjiteshin me sytë trekëndësh të vajzës japoneze në aeroportin "Leonardo da Vinci", në terminalin e fluturimeve ndërkombëtare. Duke shëtitur nëpër dyqanet e pafundme të aeroportit, u ndesha shpesh me shikime vajzash aziatike, ndoshta edhe po i kërkoja; do të duhej të mësohesha, për aq sa do të zgjaste vizita ime studimore në ishullin verior të Hokkaidos dhe pikërisht në qytetin e vogël universitar të Obihiros. Sytë e japonezes, që do t'i bënte kërkimet e mia shkencore një oqean në gotë, i ndesha tri-katër herë, derisa u rreshtuam si kokrra orizi për të kaluar shtegun final që na çonte drejt e në barkun e avionit "Boing 747-400 ER". Sapo dëgjova zërin kumbues në italisht, që pasagjerët që do të udhëtonin për në Tokio duhet të bëheshin gati, u kujdesa që t'i afrohesha vajzës me të cilën kisha ndeshur shikimet të paktën dy a tri herë nëpër dyqanet e aeroportit. Ajo lëvizi nga vendi ku ishte ulur, kur njoftimi u bë në gjuhën angleze, ndërkohë që unë tashmë isha shumë afër saj. U rreshtuam si buburreca në një rresht të gjatë; ajo ishte para meje. E imët, por e larë me detaje, dy bishtaleca të lidhura prajshëm në dy këndet e harkuara të kokës, që i dirgjeshin deri pak poshtë supeve të rrumbullakëta, të cilat ngjanin me dy vezë pate të argjendta. Mbante veshur një bluzë, që ia nxirrte supet zbuluar dhe vazhdonte me krahë deri pak poshtë bërrylave, prej nga dilnin parakrahët po të cullaktë, që ngjiteshin me një dorë të vogël, e cila dukej sikur nga momenti në moment do të shkëputej nga doreza e çantës-valixhe, që e tërhiqte lehtë-lehtë si valë deti. Bluza thuajse e tejdukshme ishte ngjyrë deti dhe poshtë saj dalloheshin rripat e sytjenave në blu më të thellë, sikur po zhyteshe në thellësinë e detit, për të mbërritur te fundi i saj akoma më blu, që nuk ishte as minifund, as fund, por që ia ekspozonte nga pas lidhjen e pulpës me kofshën. Çanta dhe këpucët sandale me qafa ishin blu e thellë. Një parfum i lehtë marke, që s'po ia gjeja dot emrin, vinte aromë freski oqeani. Trupi i saj ishte i shkurtër, ndoshta s'i kalonte të njëqind e gjashtëdhjetë centimetrat bashkë me takat e lehta të sandaleve-këpucë, por ishte në harmoni dhe përshtatje të përsosur me gjithçka të sajën.

Nga një rresht që ishim në fillim, krejt papritur u bëmë katër, pasi kishte katër dalje që do të na çonin drejt avionit. Në këtë përçartje, unë e humba drejtpeshimin dhe nuk isha më pas saj, por kjo më krijoi një mundësi për ta parë pak më mirë. Ishim thuajse krahas dhe po shkonim si dy dele drejt portës së daljes, që do na çonte në tubin e metaltë dhe pastaj drejt e në barkun e avionit gjigand.

Sa më shumë i afroheshim portës së daljes, aq më shumë më rritej dyshimi thuajse i arsyeshëm që japankën e bukur do ta humbja sapo të arrija brenda avionit dhe shkak për këtë do të bëhej bileta ime "first classe". Mbërritëm thuajse njëherësh në portën dalëse dhe ai dyshim i mëparshëm m'u shua krejtësisht; e pashë në sjelljen e ngjashme dhe krejt të ndryshme të stjuardesës ngjitur me timen me biletën e japankës. Edhe ajo kishte biletë në hapësirën "first classe"; stjuardesat e ndryshonin sjelljen me klientët e shtrenjtë dhe kjo mua gjithmonë më është dukur një paedukatë shembullore. E dija që ishte politikë marketingu e kompanive ajrore, siç e kisha provuar edhe me bankat, por s'e duroja dot ndryshimin mekanik të buzëqeshjeve nga një klient tek tjetri, aq pa takt. Megjithatë e kapërdiva me shumë kënaqësi kësaj here këtë kapërcim dhe sjellje marketingu të shpifur. Unë dhe japanka do ishim të paktën në të njëjtin sarkofag. E tmerrshme m'u duk fjala që më erdhi ndër mend: si mund ta krahasoj dhomëzën ku do të ishim bashkë me japankën me sarkofagun? Aq më tepër që një krahasim i tillë, për një udhëtim transoqeanik, që zgjat më shumë se nëntë orë, s'është aspak i shëndetshëm mendërisht. Përgjatë atyre dhjetë apo pesëmbëdhjetë minutave, që kishim ndenjur ashtu në dy rreshta, kishim mundur të shkëmbenim nja pesë a gjashtë shikime të ëmbla dhe shumë miqësore me japankën. Por edhe dy a tri komunikime rutinë, për lodhjen dhe stresin që shkaktojnë aeroportet dhe udhëtimet e gjata. Tubi metalik, përmes të cilit po i afroheshim avionit, ishte goxha i gjatë. Këtë copë rrugë, edhe pse ishte mbushur me pasagjerë të tjerë e shfrytëzova ta pyesja japankën se ku jetonte, t'i thosha që ishte veshur shumë bukur, bile edhe ta pyesja se si e kishte emrin. Përgjigjet e saj ishin aritmetike, por jo pa mjaltë. Jetonte në Tokio, për veshjen m'u përgjigj "Thanks" emrin ma tha, por s'ia mbajta mend. Çdo përgjigje që më dha, e shoqëroi me nga një shikim të mjaltë, por shumë të shkurtër. Aq sa më dukej sikur kursente sytë apo ndoshta kishte frikë se do të humbte drejtpeshimin dhe do të rrëzohej.

Dy stjuardesa në derën e madhe të avionit na pritën

me ato buzëqeshjet e kristalta, të prodhuara kushedi se në çfarë zyre marketingu në Tokio. Një tjetër pas tyre, kur mësoi se kishim bileta "first classe", na udhëhoqi nëpër atë gjigand, që s'e besoja kurrë që do të mund të ngrihej nga toka me gjithë atë peshë dhe salltanet që afronte në pamje të parë. Zemra nisi të më rrihte më shpesh apo ndoshta ashtu po më dukej mua. U ngjitëm në disa shkallë të brendshme dhe hipëm në katin e dytë të avionit, pastaj kaluam nëpër një dredhore më të ngushtë dhe u gjendëm në një dhomëz, ku të krijohej ideja se nuk je më në një avion, por në një salet hoteli me pesë yje. Sediljet ishin të gjëra, me dy radhë, hapësira mes rreshtave e gjerë sa për t'u shkëmbyer lirshëm dy vetë. Në atë hapësirë, akoma s'ishin ulur më shumë se katër-pesë udhëtarë. Numri i vendit tim ishte 8B; zemra po më rrihte më shpejt se ç'duhej prej kohësh, por tani rrahjet ishin shtuar edhe më. Japanka e kishte biletën 8A. Që do të thoshte as më shumë, as më pak sesa ajo do të ishte e ulur në krahun tim të majtë. Stjuardesa u lëpi me përshëndetjet e saj standarde dhe iu krijua ideja që ne të dy ishim siç do të dëshiroja unë. Mua m'u shtuan edhe më të rrahurat e zemrës. Ajo u largua gjithë përzemërsi, ndërsa unë dhe japanka morëm frymë thellë, pasi u rehatuam në ulëset e gjera sa një krevat marinari. Unë isha thuajse i skuqur sa nga befasia, aq edhe nga kënaqësia. Ashtu m'u duk edhe ajo në atë çast. E pashë në dritë të syrit dhe i thashë me anglishten time të ngathët: "I am a lucky man".

"I do not speak good English, but understend".

"Please, tell me what you undersdood?".

"Nothing, but...".

"Neither do I, but...".

Mora frymë thellë dy a tri herë dhe pashë që të njëjtën gjë bëri edhe japanka. Unë ndoshta ngaqë u sigurova që udhëtimi prej nëntë orësh nuk do të ishte një sagë, ndërsa japanka ngaqë arriti të akomodohej në vendin e saj të rehatshëm. U çova në këmbë dhe u bëra shenjë përshëndetjeje atyre katër-pesë udhëtarëve, që kishin zënë vendet para nesh, pastaj mora drejtimin nga kisha ardhur. Një stjuardesë me fytyrë europiane më buzëqeshi dhe më pyeti se çfarë dëshiroja. I thashë se po kërkoja banjën dhe ajo më tregoi udhën. Ishin dy, një për meshkuj, një për femra; nuk më pëlqeu hiç kjo ndarje. Kërkojnë barazi dhe të drejta të barabarta, ndërsa banjat i duan të ndara, shfryna ndaj femrave në këtë rast. Kur hyra në banjën e meshkujve dhe po shkarkohesha me gjithë qetësinë dhe luksin e mundshëm, mendova se po të ishte vetëm një banjë, të njëjtën gjë që po bëja unë tani do ta bënte edhe japanka pas pak kohësh. U rashë me nge mendimeve, ajo ngre fustanin si valë deti, heq breçkat blu të errëta, shihet ngeshëm në pasqyrë, ku i shfaqet një pubis me pak lesh në majë, e përkëdhel me katër gishtat e dorës së djathtë, i thotë që je me fat që në krahë ke një djalë që po të adhuron dhe papritur thërret "o zot, sa njeri me fat që jam". Kur pashë që fantazia ime më kishte çuar pak më larg se budallallëku im, u çova dhe dola nga banjoja, që ishte në harmoni me saletin për nga pastërtia dhe luksi. Në derë u ndesha me buzëqeshjen standarde të stjuardesës europiane, ndërsa në saletin tonë ishin shtuar edhe katër-pesë çifte aziatikësh, të gjithë të moshuar dhe të thatë, sa ma tha mendja që të gjithë së bashku nuk peshonin më shumë se një mundës sumoje. Kur u rehatova te ndenjësja B 8, japanka kishte hequr sandalet-këpucë dhe në vend të tyre kishte veshur pantofla të buta, si pendë palloi. Fustani thuajse i tejdukshëm, në ngjyrën e valëve të detit, kishte avulluar dhe ishte zëvendësuar me një palë pizhame ngjyrë mushkërie, e njëjta ngjyrë kishte mbuluar edhe trupin e imët të japankës. M'u dhimbs vetja për këtë ikje, m'u duk sikur e kishte porositur ajo shurrimin tim. Fatkeqësisht ia kisha harruar emrin. Gjithë këtë zhgënjim, japanka ma shpërbleu me një shikim aq të ëmbël, sa mendova se piva një limonadë të ftohtë me aromë trëndafili. Por jo vetëm kaq, ajo vazhdoi dhe më pyeti se si e kisha emrin, ja thashë, ma shqiptoi sikur të kishte lindur në të njëjtën dhomë spitali, ku kisha lindur unë, të cilën prej shumë pranverash ma zinte Salihi i Geghysenit. Ma shqiptoi emrin në atë germëzim, që ma bëjnë vetëm ata që më duan apo më kanë dashur me gjithë zemër. Kjo më bëri të ndihem si një avion i vogël brenda atij avioni gjigand. U ktheva dhe u pashë sy më sy me të. Ajo u skuq, por më shumë unë.

E pyeta pse u skuq. Ajo pa m'u përgjigjur më bëri të njëjtën pyetje. I thashë se po më vinte turp nga vetja që ia kisha harruar emrin: "Ndërsa ti jo vetëm që ma shqiptove, por ma gjete shkurtimin më të dashur, "nickname" më sensitiv, me të cilin më kanë thirrur vetëm ato vajza, që kanë mundur të më dashurojnë seriozisht edhe pse unë jam tip i vështirë. Ndërsa unë, edhe pse rashë në dashuri që kur të pashë duke blerë atë parfumin që vjen aromë freski oqeani, nuk po arrij ta mbaj mend emrin. Si mund t'ia harrosh emrin një perle deti si ti?", shpërtheva unë si dallgë oqeani.

Ajo që po thosha më kujtoi hartimet e gjata që u thurnim vajzave kur ishim në shkollë të mesme, por për një udhëtim të gjatë dhe për një vajzë kaq unike, ia vlente edhe për faktin që fjalët nuk po i nxirrja, ato po vallëzonin natyrshëm. Nga fjalimi im, ajo sikur u rrit, nuk u skuq më, por u bë edhe më e bukur. Ndërkohë, avioni kishte nisur të çante retë e pakta të Romës dhe po kalëronte drejt lindjes si një qen siberian bore. Vajza ma tha emrin prapë: Kyoka. E përsërita me vete nja dy herë dhe i premtova që s'do ta harroja kurrë më. Kjo më ngjau si të ishte e vërtetë dhe ashtu ndodhi, atë emër s'e kam harruar kurrë më. Më tha që ishte hera e parë që kishte kapërcyer oqeanin, udhëtimi i saj i parë në Europë. Roma dhe Parisi janë destinacioni i ëndërruar i çdo të riu japonez dhe ajo tashmë e kishte prekur ëndrrën. Dukej që udhëtimi ia kishte shpërblyer pritshmëritë dhe kjo lexohej në pamjen e saj. Kyoka, me anglishten e saj të ngadaltë, të ngjashme me timen, mundohej të fliste me pasion, përpiqej të përcillte ndjenja dhe finesë, aristokraci dhe kulturë, por më shumë këto tipare dhe karakteristika i transmetonte me gjeste se me gjuhë dhe unë po e kuptoja thellësisht. S'dua ta fsheh që e kuptova që jo vetëm ishte një vajzë e kultivuar e po e dëshiroja, por po e ndjeja edhe sensualisht, aq sa xhinset e mia po djersinin. Herë pas here, unë komandoja verë të kuqe në ato shishkat 180-mililitërshe, të cilat më dukeshin si venat femorale të gjymtyrëve të Kyokës, ndërsa atë e ndiznin dhe e bënin si një kandil deti të ndritshëm, që lëshonte rreze blu.

Sa më shumë pinim, aq më pak flisnim, por aq më shumë afroheshim me njëri-tjetrin. Dritat në kompartamentin tonë ishin zbehur në ekstrem, bisedat e udhëtarëve thuajse ishin shuar. Diku nga shishja e katërt apo e pestë, unë dhe Kyoka ishim afruar aq shumë sa buzët tona pa kurrfarë marrëveshjeje ishin ngjitur. Mbështetësja e duarve, që në fillim më ngjau si trau i kufirit mes dy shtetesh armike, tashmë nuk ekzistonte më. Me ndjesinë sikur kishim ftohtë, ishim mbuluar me të njëjtën batanije, edhe pse kishim dy. Ishte aq ngrohtë nën batanijen tonë, sa ashtu pa u ndier, pa folur, i kishim bashkuar dhe po lundronim nëpër sekset e njëri-tjetrit sikur të ishim një varkë e humbur në det të hapur. Pas një farë kohe psherëtimë thellë të dy, morëm frymë me ngashërim, por pa pasthirrma. Arrita një orgazëm që s'e kisha provuar kurrë më parë, të shpejtë, të papritur, të lehtë, si terapi psikologu. M'u duk se ashtu ndodhi edhe me Kyokën. Nuk lëvizëm nga vendi, vazhduam ashtu të lidhur si vida me dadon. Unë guxova dhe e nxora pak kryet mbi batanije për të vëzhguar se ç'po ndodhte në kompartimentin tonë "first çlasse"! Asgjë. Të gjithë flinin apo ndoshta bënin sikur. Stjuardesën, që kujdesej për ne, nuk e pashë. Shumica e bashkudhëtarëve tanë ishin të vjetër në moshë. Edhe unë me Kyokën, në të vërtetë, çfarë po bënim tjetër? Thjesht po flinim në qiellin e shtatë. A s'ishim vërtet në qiell, ç'rëndësi ka numri i pari, i dyti, i treti apo i shtati, kush i numëroi qiejt që të na thotë sa janë?

U shkula rrufeshëm nga filozofia e qiejve dhe e numrit të tyre. Sepse sendi im as që ndihej i shqetësuar që ishte kollitur, ndihej ngrohtë dhe i shtrënguar me dashuri mes këmbëve të hajthshme të Kyokos dhe nisi të kërkonte rishtazi "El Doradon", minierat e floririt aziatik, për të cilat na kishin folur pa fund eksploratorët më të vjetër të këtij kontinenti mistik. Nuk di ta shpjegoj ishte ëndërr apo e vërtetë ai eksperiment seksual, që zgjati ndoshta tri apo katër orë, por, si unë, si Kyoka, u ndiem krejtësisht mirë, të freskët dhe të kthjellët. Thjesht ajo që kishte ndodhur i ngjante një udhëtimi në parajsë. Ashtu natyrshëm menduam që s'kishte më asnjë arsye të vazhdonim t'i mbanim të mbërthyera për njëri-tjetrin veglat tona të seksit. S'e mbaj mend sa herë u lagëm, s'e kujtoj as çastin kur ramë dakord për këtë punë, bile nuk e di a pati ndonjë moment të tillë, por kujtoj një gjë dhe kjo është e sigurt: i nxorëm krenat që të dy nga batanija me të cilën ishim mbuluar. I veshëm brekët, unë xhinset dhe ajo pizhamet, që na mbulonin hallatet e lagura dhe të squllura, nisëm të drejtoheshim. Unë ula mbështetësen e bërrylit, që ndante ulëset tona. Ky moment m'u duk një farë tradhtie, si një kthim tek e shkuara, por ndoshta duhej, sepse, siç po shihja në ekranin e ndenjëses para nesh, e cila për fat kishte qenë bosh gjatë gjithë udhëtimit tonë, nuk duhej më shumë se një orë për të mbërritur në Tokio. Kemi gati katër orë duke bërë dashuri, i thashë Kyokës. Ajo më pa me habi dhe bëri një gjest sikur nuk ishte e vërtetë. U çova ngadalë dhe u drejtova nga tualeti, ku kisha qenë para tetë orësh. Isha vërtet i sfilitur, por marrëzisht i befasuar dhe i lumtur nga kjo lloj dashurie, kurrë më parë e provuar; jo vetëm e paprovuar, por as e imagjinuar. Në banjë nuk ndenja gjatë, thjesht kreva punë. Kur dola, stjuardesa më buzëqeshi sikur të donte të më thoshte "Je hamshor i vërtetë, do të dëshiroja të të kisha në shtrat qoftë edhe për një orë". M'u duk se u skuqa. I kërkova të më sillte një lëng portokalli. U ktheva te vendi im dhe u solla sikur t'isha një engjëll. Kyoka kërkoi të shkonte edhe ajo në banjë. U kthye sy rrëzuar dhe nazelie. Kur pa gotën time të mbushur me lëng portokalli të shtrydhur, porositi të njëjtën gjë. I hapa vend dhe e pashë me shumë dashuri, por ajo tashmë ishte tjetër njeri. E kishte humbur brishtësinë dhe energjinë, ishte zvogëluar, m'u duk si një copë bore e harruar në një fyt prroni. Në banjë kishte ndërruar veshjen, tashmë Kyoka s'ishte më ajo Princesha e Kaltër që kisha parë në aeroportin "Leonardo Da Vinci". Ajo kishte veshur një palë këpucë të zeza, çorape të bardha, që i afroheshin gjurit, një fund të zi, që i vinte po deri në gjunjë, një këmishë të bardhë me krahë të gjatë të kopsitur deri në qafë, prej nga derdhej një jakë e mbyllur me pala, që ia rrethonte qafën para dhe mbrapa. Dy bishtalecat, që deri para pak kohësh vallëzonin mbi kokën e saj të hazdisur, si të ishin jelet e një drenushe bjeshke, tashmë ishin zhdukur. Flokët i kishte të shtrira dhe ia mbulonin jo vetëm qafën, por edhe faqet. Ndërsa unë shpreha haptazi

habinë time, "me zë dhe figurë", gjysmë me humor, gjysmë me një seriozitet të trembur:
- Kush guxoi të ma shndërronte në banjë të dashurën time?
- Duhet të nisem për në punë, direkt nga aeroporti.
Kaq ishin pushimet e saj. Shtatë ditë, shtatë net dhe nata më e bukur e jetës së saj në ato njëzetë e tetë vjet kishte qenë nata e kthimit të saj nga Roma. Këtë ma tha në vesh. Meqenëse unë do të kaloja nga sektori i të huajve dhe ajo nga i vendasve, ndoshta ekzistonte mundësia që do të mund të takoheshim sa për një kafe të shpejtë në zonën e daljeve, atje ku mua më prisnin nëpunësit e JIKE-së, të cilët do të më shoqëronin drejt aeroportit të linjave të brendshme, ndërsa Kyoka do të shkonte në zyrë. S'mendova asgjë, sikur u drogova, s'e pyeta për asgjë më shumë, kisha menduar që Kyoka do të ishte përjetësisht e imja, m'u ndal ora dhe mendja.

Aeroporti i Tokios ishte një përbindësh industrial i llahtarshëm, siç e kisha ëndërruar Japoninë. Dolëm nga barku i avionit të shoqëruar me buzëqeshjet e metalta të stjuardesave, ecëm me duar të shtrënguara me njëri-tjetrin nëpër tubat metalikë, që do të na çonin drejt kabinave të kontrollit të pasaportave. Para nesh u shfaq një sallë gjigante, prej nga derdheshin lumenj njerëzish të pafund. Labirintet me rripat ndarës, që shërbejnë për të ruajtur rregullin dhe distancën mes pasagjerëve, më ngjanin me formulat e komplikuara të kimisë organike, që s'i desha dhe s'i mësova kurrë. Përpara se të hynim në këtë rrjetë merimange, na dolën përpara disa tabela dygjuhëshe në japonisht dhe anglisht "All Passports", "UE & USA Passports", "VIP and Diplomatic's Passport", "Japanes Passports"; ky ishte trau i dytë që po më ndante me "Princeshën e Kaltër", tra që s'kisha asnjë mundësi as ta çoja, as ta ulja.

U puthëm lehtë në faqe dhe secili ndoqi korsinë e tij. Për pak kohë u pamë lehtësisht me njëri-tjetrin, por shumë shpejt u bë e pamundur. M'u duk sikur diçka m'u këput nga gjoksi dhe më ra në stomak. Në fillim ndjeva një si bosh në kraharor, pastaj ai bosh u shndërrua në një masë të zjarrtë në stomak. Merimanga në të cilën kisha hyrë veçse zgjatej, ndërsa sportelet e kontrollit të pasaportave japoneze më largoheshin dhe Kyokën tashmë nuk e shihja më.

***

Ndërsa akrepat e orëve elektronike gjigande vraponin, rreshtat e udhëtarëve drejt sporteleve "All passports" shtoheshin. Kisha lexuar diku që popullsia e Tokios ishte njëmbëdhjetë milionë banorë, por ditën ajo shtohej dhe bëhej tetëmbëdhjetë milionë. Kjo statistikë po ma shurdhonte trurin e eksituar, po si ka mundësi që në këtë moment, pikërisht sot dhe më saktësisht në këtë orë e paskan lënë ata shtatë milionë vizitorë të çmendur t'i shtohen qytetit, që po më vononte të dilja nga ky grumbull industrial. Dikur mbërrita te sporteli i kontrollit të pasaportave. Për një moment u gëzova, asnjë vonesë, thjesht një vulë hyrjeje. Vrapova drejt sallës së bagazheve. Në një tabelë elektronike e mësova shpejt se cili ishte numri i transportuesit që do të sillte valixhet e linjës Romë-Londër. Këtu mendova që do ta gjeja Kyokën. I rashë rreth e përqark shiritit transportues, që po sillte valixhet e linjës tonë. Princesha ime e Kaltër kishte avulluar, nuk dukej asgjëkundi. U nisa drejt daljes, pastaj m'u kujtua që valixhja ime akoma s'kishte mbërritur. U afrova te goja, prej ku dilnin valixhet, duke shtyrë thuajse me arrogancë nja dy a tre udhëtarë, që po prisnin njësoj si unë bagazhet e tyre. Më panë paksa çuditshëm, por as që ua vura veshin. Koha po vraponte si rrufe. Kyokës i duhej një orë që të kapte punën, ndërsa unë kisha më shumë se pesëdhjetë minuta që isha ndarë me të dhe akoma s'e kisha zotëruar bagazhin tim. Dikur u shfaq valixhja ime; e rrëmbeva duke shfryrë mbi të, sikur ajo ta kishte fajin e kësaj vonese të frikshme.

Sapo dola në sallën e pritjes pashë emrin tim të printuar në një tabelë kartoni të madhe, që mbahej në gjoksin e një burri me syze. Përveç meje, në atë mizëri njerëzish, askush s'e dinte emrin tim. Në fillim as që desha t'i afrohesha burrit që mbante tabelën. Me sy, me mendje, me çdo shqisë po kërkoja Princeshën e Kaltër. Ajo dhe vetëm ajo më interesonte dhe aspak vetja ime. Unë e dija se ku isha edhe personi që mbante emrin tim të printuar në një tabelë kartoni aty do të ishte; tek e fundit ajo ishte puna e tij. Dola nga gardhi metalik dhe u solla rreth e përqark zonës së pritjes së pasagjerëve. Dy apo tri herë m'u bë se e pashë Kyokën me atë veshjen e çuditshme, me të cilën ajo u transformua në mëngjes pasi doli nga tualeti, por jo! Pashë orët e tmerrshme elektronike, që më dukeshin sikur ishin ndalur: 9.30 minuta, çka do të thoshte që Princesha e Kaltër duhet të kishte rreth tridhjetë minuta që kishte filluar punën. Unë kisha rreth një orë e pesëdhjetë minuta që e kisha humbur. U ktheva te salla e pritjes së pasagjerëve për të gjetur edhe njëherë emrin tim të printuar në tabelën e kartonit, që rrinte varur në qafën e mesoburrit me syze optike, me skelet të trashë. Isha tmerrësisht i palumtur, natyrshëm i lodhur, i dorëzuar. Nuk e di pse u ndjeva edhe pak i tradhtuar. Nuk qe shumë e vështirë ta rigjeja edhe një herë burrin me tabelë. Ai u habit jashtë mase që unë i vura dorën në sup nga mbrapa shpinës dhe i thashë se qeshë unë personi që po priste. Habinë e shprehu në fillim në japonisht, pastaj në anglisht. I tregova që isha tmerrësisht i lodhur dhe do doja të uleshim për një kafe.

U zverdh, u skuq, e zverdh prapë dhe më tha që makina na priste jashtë, se do na duhej të shkonim në aeroportin e fluturimeve lokale dhe se trafiku i Tokios nuk na e jepte luksin për të pirë kafe. Duhej me çdo kush të kapnim fluturimin për në Obihiro. Ai, duke parë orën e dorës, tha që vetëm një orë e dyzet e pesë minuta kohë na ndanin nga fluturimi. Iu binda shqetësimit të tij dhe fillova ta ndjek. Ai para me valixhen time të madhe me rrota dhe unë pas tij me një të vogël. Ndërsa ai ecte pak para meje, unë shihja si i çmendur çdo femër të veshur me këmishë të bardhë e fustan të zi, në atë dreq aeroporti super të çmendur. Siç mësova dhe pashë më pas gjatë muajve të vuajtjes sime në Japoni, shumica e vajzave dhe grave, që punonin nëpër zyra, visheshin me këmisha të bardha me krahë të gjatë, me fustane ose të zeza, ose blu të errëta, me çorape të bardha ose blu qielli, kur fustani i tyre ishte blu i errët. Kyoko kur doli nga banja e avionit i kishte çorapet e bardha dhe fustanin e zi, këmishën e bardhë me dantella nën qafë.

Ndërsa burri me kostum të zi, këmishë të bardhë, kollare të zezë dhe syze optike të trasha, që ecte para meje, mundohej të më buzëqeshte herë pas here, duke e kthyer kokën drejt meje, shoqëruar me gjeste dhe fjalë mirësjelljeje. Unë s'isha aty, shihja kot së koti se mos më zinte syri siluetën e Princeshës së Kaltër, të cilën nuk do ta shihja më kurrë. Vetura që na priste ishte një "Tojota Yaris". Shoferi doli prej saj, u përkul dy a tri herë para meje, mori valixhen time të vogël, të cilën e vendosi në bagazhin e makinës, të njëjtën gjë bëri edhe me valixhen e madhe. Për syrin tim të lodhur ishin krejtësisht njëlloj si në pamje, si në veshje, veçse shoferi s'kishte syze optike. Shoferi ma hapi derën e pasme dhe unë u rrasa si një copë mishi në ulësen e veturës, që dukej akull e re. Ndërkohë që makina rrëshqiti nëpër rrugët e Tokios, burri që më kishte pritur në aeroport, nisi të bënte guidën e qytetit, ndërsa unë kisha humbur midis një kllapie gjumi dhe një amnezie të shkaktuar nga një inflamacion i një pjese të trurit, ardhur si pasojë e një dashurie pasionante krejtësisht të papritur dhe paradoksale, që ishte këputur si një fikje e beftë dritash. Burri në sediljen e parë të veturës vazhdonte e fliste. Unë isha kthyer në ëndrrën e një nate më parë, në udhëtimin Romë-Tokio, me Princeshën e Kaltër. Nuk e di sa zgjati rruga, por ndoshta aq sa kohë duhej që të mbërrinim në aeroportin e fluturimeve lokale të Tokios. Edhe pse doja tmerrësisht t'i tregoja shoqëruesit arsyen time të marrë pse isha aq i humbur dhe i hutuar, nuk mund ta merrja guximin. Më dukej sa absurde, aq edhe banale të interesohesha te pritësit e mi se ku mund ta gjeja Kyokën, për të cilën dija vetëm që banonte në Tokio. Edhe ajo nuk dinte më shumë për mua. Në mendje më vërdallosej një anekdotë shkodrane e kohës së miqësisë shqiptaro-kineze. Një personazh grotesk i asaj kohe, Pal Vata, u takua me një grup montatorësh kinezë, që kishin ardhur për të ndërtuar hidrocentralin më të madh të vendit. Pali e kishte pyetur njërin prej tyre se nga ishte. "Nga Kina", i qe përgjigjur kinezi. "Po nga cili vend i Kinës, more shoku kinez?". "Nga Shangai". "Po i kujt je në Shangai, more djalë?".

    E dija që askush s'mund të më ndihmonte ta gjeja Princeshën time të Kaltër me aq pak të dhëna sa kisha. Do t'ia kaloja Pal Vatës po të guxoja të shpallja arsyen e hutimit dhe gjendjes time anormale, edhe pse po më digjej gjoksi dhe koka. U bëra si një cung i ngopur me ujë, zbrita nga "Tojota", mora nga shoferi çantën time të vogël me rrota, të madhen e mori burri që i ngjante shoferit, por nuk mbante syze optike, u përshëndeta ftohtë me shoferin dhe e ndoqa pas burrin me syze optike.

Ndërsa mua më la të ulur në një restorant, ai u shfaq pas pak sekondash me një tabaka të madhe, ku qe një pjatë me sallatë jeshile, një pjatë me oriz, në dy anët e të cilit nxirrnin avull dy kofsha pule, një shishe me ujë dhe një filxhan me kafe. Më tha se po merrej me 'çekinin' e biletës sime. Ndërsa unë shihja tabakanë në tavolinë, burri me syze optike ma solli biletën dhe më tha që pas njëzetë e pesë minutash duhet të paraqitesha në portën numër 15, për të vazhduar fluturimin drejt Obihiros. Në aeroportin verior do të më priste dikush tjetër. Burri me kostum të zi dhe këmishë të bardhë u largua, duke u përkulur disa herë para meje në shenjë respekti, i bindur që e kishte përmbushur denjësisht dhe me korrektesë detyrën e tij. Mua m'u thye në një milion thërrmija misterioze shpresa se do ta mund ta takoja prapë Kyokën. M'u duk vetja si ai mbreti lakuriq. Ndërsa nga shishja e ujit piva pak, sallatën, pjatën me oriz dhe dy kofshët e pulës s'i preka fare. Kafja m'u duk si farmak i zi. Tërhoqa zvarrë valixhen e vogël dhe u afrova te porta. Nga fasadat e mëdha prej xhami pashë për herë të parë qiellin e Tokios edhe pse kisha udhëtuar rreth një orë nëpër qytetin shumëmilionësh, ku më kishte humbur tashmë ndoshta përgjithmonë Princesha e Kaltër. Çdo vajzë e moshës njëzetë deri në tridhjetepesëvjeçare, në pamje të parë, më ngjante me Kyokon që kisha humbur. Shumica mbanin atë veshje të çuditshme zyrtare: fustanet e zeza, çorapet dhe këmishët e bardha, por edhe ngjyra blu të errët dhe gri. Modeli i flokëve ishte thuajse identik, ngjyra e tyre pis e zezë, që varej deri poshtë qafës, duke ua mbuluar edhe faqet e zbehta, sytë trekëndësh, vetullat e ngjyrosura mbi sy. Edhe pse e dija që asnjëra prej tyre s'mund të ishte Kyoka ime, nuk mund të rrija pa i parë ngultaz; shumë prej tyre më buzëqeshnin pafajësisht, por asnjëra s'e kishte buzëqeshjen dhe çehren e Princeshës sime të

Kaltër. Nuk shkoi shumë kohë, tërhoqa pas bythës sime të lodhur valixhen e vogël të dorës dhe u ngjita në bordin e avionit, që do më burgoste në qytetin verior të Obihiros për katër muaj e tri javë.

***

Buzëqeshjet marketing të stjuardesave vendase as që më bënë përshtypje. Tashmë isha rrëzuar në humnerën e një ëndrreje, që më dukej që s'e kisha përjetuar kurrë, edhe pse kisha pak orë që isha zgjuar prej saj. Aeroporti i Obihiros i ngjante një stacioni autobusi në periferi të Londrës. Një burrë me kostum të zi, me këmishë të bardhë, këpucë dhe kollare të zezë, në gjoksin e të cilit varej një karton me emrin tim, për syrin tim krejtësisht i ngjashëm me burrin në aeroportin ndërkombëtar të Tokios, po më priste. I vetmi ndryshim ishte që nuk kishte syze optike. Përveç kortezisë më shumë se formale nuk bëra asnjë përpjekje për t'u miqësuar me burrin, edhe pse ai ishte shumë i përzemërt, aq sa më erdhi keq për të. Pas tridhjetë apo tridhjetë e pesë minutash, ai më dorëzoi në qendrën e JIKE-së, ku do të vendosesha për katër muaj dhe tri javët e ardhshme, në qoftë se do të isha gjallë.

Vajza që më priti në recepsion më ngjau me Kyokën, por sigurisht që s'ishte ajo. Më dha aq shumë informacion dhe instruksione të rrufeshme, të cilat ajo sigurisht i dinte përmendësh, por unë nuk mbajta mend asnjërin prej tyre. I thashë që isha tmerrësisht i lodhur dhe doja vetëm të dija se ku do të flija dhe si mund të përdorja internetin. Më shoqëroi në dhomë, duke më treguar çdo detaj se si përdorej banja, si hapej dhe mbyllej sistemi i ngrohje-ftohjes, si mund ta përdorja televizorin dhe kompjuterin, më tregoi se ku e kisha të shënuar kodin e internetit, deri edhe se si mund ta hapja derën për të dalë në ballkon, prej nga mund të mbusheshe me natyrë dhe gjelbërim. Në ballkon erdha disi në vete dhe e falënderova me përulje për shërbimin.

Pamja nga dritarja e dhomës time ishte më shumë se fantastike. Kopshti përreth kompleksit të JIKE-së ishte i mbushur me lule dhe pemë dekorative. Një rrugë automobilistike e ndante me një park artificial, i cili më pas bëhej njësh me pyllin natyral, që shtrihej deri në majat e larta me borë.

Kur mbeta vetëm në dhomë, puna e parë që bëra ishte kërkimi në "google" i kuptimit të emrit Kyoka.

Emrat japonezë nuk janë thjesht një emër; ata thuajse gjithmonë bartin një kuptim të dyfishtë të një fenomeni natyror, të një origjine apo të një sendi me vlerë. Emri i Princeshës sime të Kaltër, që e kisha humbur në aeroportin e Tokios, shpjegohej në gjuhën e japonezëve "Fëmija i kryeqytetit". O zot, o perëndi, o tmerr, po qyteti ku jeton princesha ime ka njëmbëdhjetë milionë banorë, pse duhet ta kishte këtë emër të zhurmshëm vajza që më mahniti dhe më bëri për vete vetëm për dhjetë orë?! E futa sërish emrin në "google", kërkova në gjuhën japoneze dhe në ekranin e kompjuterit m'u shfaqën dhjetëra faqe dhe qindra-mijëra vajza me emrin Kyoka në të gjithë Japoninë. U panikova keqas. Mora kryet ndër duar, nuk e mora vesh duart e mia ishin zvogëluar apo koka ime ishte rritur tej përmasave të tyre. Po më ikte truri. E reduktova kërkimin, e bëra vetëm për Tokion, thuajse e njëjta gjë, faqet u pakësuan pak, por emrat ishin të pafund. Kryet nisi të më digjej, shkova në banjë dhe e futa në çezmë me ujë të ftohtë; uji akull. Nuk e di sa ndenja ashtu. Ndjeva se koka më ngriu, ndjeva gjithashtu që kisha dhimbje të forta në tëmtha. Hapa valixhen e vogël dhe nxora prej andej një kuti me barna. Mora prej saj një tabletë defalgan 1000 mg dhe e kalova poshtë si pa vetëdije. U ktheva shpresë bjerrë te kompjuteri dhe nisa të bëj kërkime me imazh dhe emër. Në fillim m'u shfaqën disa Kyoko të famshme, si: Kyoka Jiro, heroina e famshme e filmave vizatimor për fëmijë, Kyoko Chan Cox, këngëtarja e famshme që këndoi me Xhon Lenon, më pas tregimtarja dhe novelistja e shquar Kyoka Izuni, Kyoka kërcimtare, Kyoka aktore, Kyoka CEO Banke, Kyoka, Kyoka, Kyoka pafundësisht Kyoka të famshme, të thjeshta. Por Kyoka ime, Princesha ime e Qiellit s'ishte askund.

Vazhdova kështu ndoshta deri në orët e para të mëngjesit. Pastruesja e dhomës më gjeti shtrirë, me krahë hapur mbi tavolinën e kompjuterit. E tmerruar se mos kisha vdekur, ajo thirri kolegen e saj në korridor, çast nga i cili përfitova të lëvizja, duke i qetësuar kështu gratë e pastrimit. Më pyetën diçka në japonisht, s'kuptova asnjë fjalë, por dukej që po interesoheshin për shëndetin tim. I qetësova me duar që asgjë s'kishte ndodhur. Në orën dhjetë do të bëhej prezantimi i grupit dhe më pas një vizitë prezantuese nëpër ambientet e JIKA-së. Pasditja po ashtu do kishte një vizitë në qytet, më pas në Universitetin e Veterinarisë dhe Bujqësisë së Obihiros, i vetmi në Japoni, dhe kjo ishte edhe arsyeja pse ishim pikërisht në këtë qytet. U vesha disi më serioz, por pa kurrfarë dëshire. Në orën dhjetë u ndodha në sallën e dekoruar për mikpritjen e mysafirëve, kërkues shkencorë nga shumë vende të botës. Në programin tonë të forcimit të sistemeve të prodhimit dhe lidhjes së tyre me tregjet ishin tetë kërkues shkencorë nga gjashtë vende të Ballkanit. Në programet e tjera kishte nga vendet afrikane, aziatike, europiane. Në sallë gjendeshim rreth pesëdhjetë persona të moshave nga tridhjetë deri pesëdhjetëvjeçare, ku dominonin lehtësisht në numër meshkujt dhe kryesisht aziatikë.

Secili prej nesh u prezantua me nga tri katër fjali. Radha ime e prezantimit, për shkak të renditit alfabetik të vendit tonë, ishte e dyta. Fola aq shkurt sa tërhoqa vëmendjen e gjithë të pranishmëve. S'isha në gjendje të analizoja për mirë apo për keq. Megjithatë as që m'u bë vonë për atë punë; tjetër kund e kisha mendjen unë, për të tjera gjëra po flisnin ata njerëz, që më dukeshin të huaj, të largët edhe pse ishin shumë të sjellshëm dhe të përzemërt. Pasi mbaroi prezantimi, na pajisën me gjithfarë xhetonash dhe biletash, të cilat mund t'i përdornim përgjatë qëndrimit tonë në qytet. Të gjitha pa asnjë pagesë. Mund të frekuentonim Kimonot e qytetit, akuadromin, fushat e tenisit, të golfit, që gjendeshin rreth pesë kilometra nga qendra jonë. Atje mund të shkonim me biçikleta, me autobusët urbanë dhe tramvaje, për të cilat kishim abone të parapaguara. Gjithashtu mund të shihnim shfaqjet e teatrit dhe koncertet e operës. Çdo të shtunë në qendrën kulturore të të huajve do të kishte "free party", me muzikë, pije dhe ushqim, ku do të mblidheshin të huajt e gjithë qytetit në programet "Change culture", të sponsorizuara nga bashkia e qytetit. Përgjatë kohës së studimeve do të kishim fatin të vizitonim Saporon, që ishte kryeqyteti i Provincës, Kioton, kryeqytetin e vjetër të Japonisë, vendlindjen e gjigandit të prodhimit të makinave Tojotës dhe pikërisht qytetin Tojota. Turi studimor do të përmbyllej në Tokio, në qendrën e JIKA-së, ku do të rrinim tri ditë e dy net. Ky lajm më dha pak zemër, sikur ma përkëdheli pak imagjinatën dhe intuitën, se do të mund ta rigjeja edhe një herë Princeshën time të Kaltër.

Ditët ecnin me ritmin e kërmillit. Edhe pse i shfrytëzoja të gjitha bonuset që na ishin afruar, asgjë s'më hynte në sy. Më së shumti frekuentoja pishinat dhe shëtitjet me biçikletë nëpër parqet e pafundme që rrethonin qytetin provincial me rreth shtatëdhjetë mijë banorë. Në dhomë kisha marrë me lejen e personelit numëratorin e telefonave fiks të Japonisë dhe nga katër-pesë orë në ditë telefonoja vajza më emrin Kyoka, që jetonin në Tokio. Në fillim i përshëndesja në Japonisht pastaj u flisja në anglisht, duke ua prezantuar veten dhe personin që po kërkoja. Disa ma mbyllnin direkt, ndoshta duke menduar që jam ndonjë maniak seksual, disa të tjera më përgjigjeshin me delikatesë që kisha gabuar person, disa talleshin me të drejtë me mua, shumë prej tyre e mbyllnin sapo unë nisja t'u flisja në anglisht, kishte edhe prej atyre që kërkonin muhabet dhe ua mbyllja unë. Por asnjëra s'ishte Kyoka ime. Në fillim e mora me radhë numëratorin, pas disa ditësh e bëra me zgjedhje. Kur fillova të humbja çdo shpresë, nisa të telefonoj nga fundi i Kyokave, të cilat ishin të panumërta në librin telefonik të qytetit të madh.

Pastaj nisa të arsyetoj, nëse mund të quhet arsyetim budallallëku që po bëja: numëratori i Tokios kishte mbi dy milionë numra telefoni. Pse duhet të ketë patjetër numër telefoni fiks Princesha ime e Kaltër? U dorëzova. Prej tri javësh, katër-pesë orë në ditë i kaloja duke marrë në telefon numrat e Kyokave të Tokios. 0,4 % e vajzave të Tokios e kishin emrin Kyoko, 60 % e tyre kishin numër telefoni fiks dhe ndoshta Kyoka ime ishte e pafat dhe i përkiste atyre shtatëmbëdhjetë mijë e gjashtëqind Kyokave, që përdornin telefon celular.

Hoqa dorë nga ideja që mund ta gjeja përmes telefonit. Iu drejtova Zotit. U luta në tempullin e famshëm në Kiyomusidera, por edhe në tempullin Kinkakuju të Kiotos. Më pas, kur mbërritëm në Tokio, u luta me përgjërim në gjuhën time, por edhe në gjuhën e japonezëve në Tempullin Sensoji dhe në Faltoren meiji –jingu në Tokio dhe pikërisht këtu, ajo, Princesha ime e Kaltër, m'u shfaq ashtu siç e kisha parë në Romë, si një manushaqe e strukur nën madhështinë e kryeqytetit të perandorisë Romake. Nuk më foli, thjesht më përshëndeti me një buzëqeshje, që u shua në ajrin e ngarkuar nga aromat e dhjetëra qirinjve. Ndeza një qiri duke u lutur ta rigjeja atë zjarr aziatik që lindi në Romë dhe m'u fik në Tokio. Ideja që ajo u shfaq nuk ma dogji ëndrrën që do të mund ta rindizja atë zjarr. Ditën e dytë të vizitës në Tokio na çuan në Kullën e Tokios, një mrekulli arkitektonike, sigurisht më e lartë se Kulla Eifel. Kur mbërrita në lartësinë 333 metra, mbeta i varur në një binokël për shumë kohë, edhe pse pagesa prej njëzetë jenësh kish mbaruar me vakt. Futa si i marrë monedha të tjera, derisa pashë që radha e vizitorëve pas meje ishte shtuar si dikur në vendin tim për të marrë një shishe me qumësht a kos. Aty shpresova shumë që do të mund ta shihja Princeshën time të Kaltër, por ishte një shpresë idiote. Në mbrëmjen e ditës së tretë të turit tonë studimor në Tokio, do të udhëtonim rishtazi me avion drejt Obihiros. Në aeroportin e udhëtimeve kombëtare m'u kujtua gjithçka kisha parë tre muaj e dy javë më parë. Dita kur e kisha humbur përgjithmonë Kyokën. I njëjti trishtim. I njëjti mall. E njëjta dashuri e zjarrtë, djegur në hirin e mungesës. Dashuri fluturash.

Udhëtuam në errësirë drejt Obihiros për t'u kthyer në Tokio vetëm pas pesë ditësh, ku do të mbyllej udhëtimi im studimor në Japoni. Katër muaj dhe tri javë ankth, vuajtje, mbytje, ngashërime emocionale, shtrëngime zemre, dhimbje koke, shthurje psiko-morale, shfrime dhe lëshime psikike ishin pak a shumë rezultatet e këtij udhëtimi të dështuar studimor. Ndryshe e kisha ëndërruar, që kur kisha lindur në atë dhomë spitali, të shndërruar në psikiatri e ku strehohej çdo pranverë Salihi i Geghysenit, i çmenduri më i rrezikshëm i qytetit tonë. Ditët e fundit në Obihiro ishin thuajse të ngjashme me të gjitha javët e kaluara.

Kërkimi im shkencor pati thuajse fat të njëjtë me kërkimet e mia të pafrytshme për gjetjen e gjurmëve të Princeshës së Kaltër. Megjithatë, për prezantimin final, që ishte kërkesë e domosdoshme, përdora disa të dhëna dhe kërkime të bëra kohë më parë në vendin tim. Këtyre gjetjeve u bëra një analizë krahasuese statistikore me disa vende të rajonit dhe punimi im jo vetëm që u prit mirë, por veç kësaj u vendos që të botohej në revistën shkencore të Universitetit të Obihiros. Ky vendim befasues i bordit të revistës ishte e vetmja kënaqësi që ndjeva qysh ditën kur shkela në tokën japoneze katër muaj e tre javë më parë. Kohë kur më humbi nga sytë Kyoka në mizërinë e njerëzve në atë aeroport të çmendur.

Të nesërmen e prezantimeve u organizua ceremonia e ndarjes së certifikatave. Në të njëjtën sallë, me të njëjtin dekor, me ndryshimin e vetëm që tani po merrnim nga një certifikatë të firmosur nga Sadako Ogata dhe disa dhurata simbolike. Pasdite do të fluturoja drejt Tokios dhe në orën dhjetë nga Tokio drejt Romës.

Një orë e dyzet e pesë minuta sa zgjati udhëtimi nga aeroporti i vogël i Obihiros deri në aeroportin e fluturimeve të brendshme në Tokio, më mbërtheu një valë besimi dhe optimizmi që do të mund ta takoja qoftë edhe për një përshëndetje me dorë Kyokën. Probabiliteti është teori e zotit dhe rastet e rralla janë po aq të sigurta sa vetëm dashuria mund t'i bëjë të vërteta. Në fund të fundit pse s'duhej ta takoja? Pse duhej të isha aq i pafat? Çfarë mekati kisha bërë, që të isha i dënuar kaq rëndë? Cila shtrigë apo shtrigan më kishte mallkuar që të mos ta takoja më Kyokën time të ëmbël?

Me këtë shpresë të pashpresë arrita në Tokio. Më priste i njëjti burrë me kostum të zi, këmishë të bardhë, kollare të zezë dhe syze optike. Para se ta shihja emrin tim të varur në qafën e tij, ai më thirri me emër gjithë duke buzëqeshur. E përshëndeta edhe unë me përzemërsi, duke u përulur dy a tri herë para tij, në stilin japonez, që tashmë e kisha përvetësuar. E pashë që iu gëzua gjestit tim, rrëmbeu valixhen e madhe me rrota. Në vendin e taksive na priste i njëjti shofer me të njëjtën makinë edhe ai më përshëndeti në stilin e vendit të tij dhe unë po ashtu. Rrëshqitëm në rrugët e Tokios duke përshkuar pjesën lindore të qytetit gjigand për të mbërritur në aeroport. Dielli ishte fshehur diku në ujërat e Oqeanit Paqësor të Veriut, por qielli akoma ishte i kaltër dhe i ndezur nga rrezet e tij. Përmes qelqeve të syprinës së veturës, munda të shquaj një hënë vogëlushe, dyditëshe. Ia dola të vizatoja me të imazhin e Kyokës në atë qiell të kaltër, që po errësohej. Me hënën dyditëshe bëra fytyrën e saj, për sy i vendosa yje të ndritshëm, ndërsa trupin ia ndërtova me arushën e vogël. Pastaj, me kujdes, e mbulova trupin e saj të zjarrtë me vellon e kaltër të qiellit. M'u duk sikur isha në aeroportin "Leonardo Da Vinçi" të Romës duke shkuar pas Kyokës si Princi i Kaltër, që kërkonte Hirushen e ëndrrave të tij në librat me përralla për fëmijë. Me këtë ëndërr të bukur në sy, mbërritëm në aeroport. U enda kafeve dhe dyqaneve për rreth dy orë. Ndala gjatë në një librari, m'u kujtua diplomati poet me të cilin kisha kaluar një ditë të bukur në Romë dhe më kishte thënë që Japonia është vendi i poetëve të vargut tingëllues, vendi i poetëve të haikut. Bleva gazetën kombëtare "Asahi Shinbun", njëra prej dy gazetave ditore më të madhe në Japoni, e cila dilte dy herë në ditë. Njëherë në mëngjes dhe herën tjetër në mbrëmje, në rreth dhjetë milionë kopje. Kisha filluar të mësoja disa fjalë dhe shprehje në gjuhën japoneze dhe ku më lehtë mund t'i gjeje fjalët dhe frazat standarde sesa në një të përditshme aq popullore. Qiellin nuk mund ta shihja më, por atë imazhin e vizatuar të Kyokës e kisha në mendje, në sy, në zemër dhe po më shpërndahej në shpirt. Me atë imazh i kalova rreshtat e gjatë, përshëndetjet marketing të stjuardesave derisa u ula në sediljen time në të klasit të parë.

Mora frymë thellë disa herë, njëlloj sikur po bëja ritin japonez të pirjes së çajit, i cili është në vetvete një art çlodhjeje dhe qetësie. Doja të jetoja sa më gjatë me atë imazh të zjarrtë qiellor, ku e kisha vizatuar Kyokën. Doja që kjo aventurë e pafat të mbaronte po në këtë udhëtim kthyes, nuk mund të vuaja më shumë. Më pëlqente ta lija në qiell atë dashuri të pafat, aty ku e kisha përjetuar. Do ta fusja në sirtarin e kujtesës si dashuri që erdhi si një rrufe në qiell të kthjellët dhe po në atë qiell u fik, u shua dhe kaq.

Kthimi nga Tokio për në Romë zgjaste njëmbëdhjetë orë, dy orë më shumë se Romë-Tokio dhe kjo, sipas një shkrimi që po lexoja në numrin e fundit të revistës së agjencisë "Al Italia", vinte për shkak se ne udhëtonim kundër erërave të forta që vinin nga perëndimi, erëra dhe shtrëngata që bëheshin acar mbi Polin e Veriut, erëra që më rikthyen në ankthin tim lindor, ku kisha gjetur dhe humbur një dashuri. Po pse kur shkon drejt Lindjes të ndihmojnë erërat dhe mbërrin më shpejt dhe kur shkon drejt Perëndimit ato të pengojnë dhe të duhet më shumë kohë, më shumë orë? Sepse erërat që të çojnë drejt lindjes janë më të lehta, më tërheqëse, më jetësore. Erëra që të çojnë te ama, te nana, te "a-ja", por kjo ndodh kur nuk shkon për të vrarë, kur nuk shkon për të djegur dhe plaçkitur, kur nuk shkon për të shkatërruar qytetërime, siç ka ndodhur me shekuj. Në Lindje, njerëzit shkojnë për t'u ribërë fëmijë, atje njerëzit shkojnë për të gjetur një dashuri. Ndaj erërat që të çojnë në Lindje janë ato që na bëjnë të duam më shumë dhe ato që na kthejnë nga Lindja drejt Perëndimit janë të egra, të forta, të plakura.

Ja këto ishin arsyetimet e mia, kur po i jepja fund një shisheje "Cabernet sauvignon". Hodha sytë mbi titujt e faqes së parë. Shtanga. Aty, në cepin e djathtë ishte fotoja e Kyokës time. Poshtë saj një tekst telegrafik.

"Sot rreth orës 11.00, në zyrat e Kompanisë "MITO-00" u gjet e vdekur 28-vjeçarja Kyoka Mitsuky. Në tavolinën e saj të punës policia ka sekuestruar një vendim të kompanisë, i cili bën fjalë për ndërprerjen e marrëdhënieve të punës. Motivi: "Në kompaninë tonë për shkak të angazhimeve nuk mund të punojnë gra shtatzëna dhe nëna me fëmijë. Ky qe një kusht në kontratën e punës. Kyoka Mitsuky është deklaruar vetë katërmuajshe shtatzënë dhe pikërisht për këtë arsye i ndërpriten marrëdhëniet e punës". Policia ka marrë në pyetje shumë drejtues të kompanisë dhe ka ndaluar drejtorin e Departamentit të Burimeve Njerëzore. Hetimet vazhdojnë. Në numrin e mëngjesit do të sjellim informacione të tjera rreth kësaj ngjarjeje që ka tronditur Tokion".

U mundova të nxjerr qesen nga mbajtësja, por nuk arrita dhe volla mbi sediljen përballë. Volla dhe bërtita si i marrë, volla prapë, bërtita prapë. Nuk e di se sa orë më vonë e pashë veten të shtrirë në një dhomë spitali, rrethuar me aparatura të gjithfarë lloji; në krah të djathtë ishte vendosur një vigon, që furnizohej me serum, përmbajtjen e të cilit nuk arrita ta lexoj dot prej shkronjave cirilike. Kur u mundova ta çoj dorën e majtë në ije, ndjeva një dhimbje të lehtë.

Një burrë dhe dy gra, me pamje aziatike, rrinin mbi kokën time. Burri fliste një anglishte të shkoqitur dhe të ngadaltë. Më thoshte që të mos shqetësohesha, pasi tani isha mirë: "Parametrat të janë stabilizuar, tensioni dhe rrahjet e zemrës janë normale, ke qenë me fat, sapo ke kaluar një atak kardiak shumë të fortë, por besojmë që

s'ka lënë gjurmë. Megjithatë do të rrini deri nesër nën kujdesin e mjekëve dhe pastaj do të vendosim, pas një konsulte me kolegët, se kur mund të jeni i gatshëm për fluturimin tuaj". I hapa sytë përtej mundësisë dhe m'u duk se pyeta:
- Ku jam tani? Ku jemi këtu?
- Këtu jeni në spitalin qendror në Dushanbe. Kryeqyteti i Republikës së Taxhikistanit. Aeroplani me të cilin po udhëtonit, ka bërë një ulje të sforcuar për shkakun e shëndetit tuaj. Keni të paktën katër orë që jeni në spital. Për fat, në avion ka rastisur një mjek kardiolog dhe ndoshta jetën e keni prej tij. Nuk duhet të bëheni merak për shpenzimet spitalore, ato i mbulon JIKA. Tani duhet të pushoni, e keqja e madhe ka kaluar.

Prej vitesh, këtë histori dashurie e shoh në ëndërr aq shpesh, sa kam filluar ta besoj se ka ndodhur me të vërtetë.

Obihiro 2007- Tiranë 2021

TAULANT KALEMI DHE BURRI ME MUSTAQE SPIC

Taulant Kalemi, akoma pa i mbushur të tetëmbëdhjetat, e la fshatin e tij dhe ia mësyni Greqisë, njëlloj si shumica e bashkëmoshatarëve të tij. Aventurat e udhëtimit nëpër male, netët pa gjumë duke ngrirë së ftohti nëpër kapanone të braktisura, në hangare kashte, nëpër vagona trenash të stacionuar, nëpër tuba betoni pranë kantiereve të ndërtimit, të shumëzuara me uri dhe etje të skajshme, me keqtrajtime nëpër stacionet e policisë, i ruante në një cep të kujtesës dhe s'donte t'i ndante me askënd. Tekefundja, atë fat kishin pasur shumica e bashkëmoshatarëve të tij, përveç atyre që gënjenin dhe ndonjë fatlumi.

E paharruar në kujtesën e tij do të mbetej një pasdite, kur bashkë me shokun e tij të fëmijërisë kishin guxuar t'i bashkoheshin një feste në qendër të fshatit Kallaratë, ku veç pihej, hahej dhe kërcehej. Një zonjë rreth të pesëdhjetave u kishte zgjatur dy gota të mëdha me birrë dhe nga një shpatull mish qengji. Pas gati tri javë vuajtjesh, qielli u çel për Taulant Kalemin dhe shokun e tij. Hëngrën e pinë sa u dendën, qeshën dhe gëzuan sikur të ishin në shtëpinë e tyre. Askush s'i pa me sy të keq, askush s'i pa si refugjatë. Vetëm të nesërmen do ta merrnin vesh që kishte qenë dita e Pashkëve. E gdhinë rrëzë kioskës së zonjës, që u kishte ofruar birrat dhe kofshët e mishit. Të nesërmen, e zonja dhe i zoti i kioskës i zgjuan nga gjumi dhe i morën në shtëpinë e tyre. Asnjëri nuk dinte të fliste greqisht më shumë se katër-pesë fjalë. Kur u përmend fjala punë, ata e kuptuan. I zoti i shtëpisë dhe njëkohësisht edhe i fermës ishte një burrë i qeshur, me mustaqe të holla me spica, fundin e të cilave herë pas here e përdridhte me gishtin e madh dhe atë tregues, bash sikur mbështillte cigare. U tregoi një dhomë të gjatë në fund të së cilës ishte një banjë e vogël, një lavaman po aq i vogël, dy krevate, në mes të të cilëve gjendej një dollap me dy kanate. Buzë krevateve ishte një korridor i ngushtë që të çonte tek banja dhe lavamani. Burri me mustaqe spic fliste me duar dhe trup për t'ju shpjeguar vendin ku do rrinin dhe punën që do bënin, diçka u tha edhe për pagesën, pasi u përmendën dy a tri herë fjalët "ergasia", "dhrahmi" "lefta". Taulant Kalemi dhe shoku i tij nuk kuptuan pothuajse asgjë, por ishin të sigurt që do të flinin në një shtrat të rehatshëm, do të dhisnin dhe laheshin në një banjë me ujë të rrjedhshëm dhe kushedi ndoshta do të hanin dhe shpërbleheshin për punën që do të bënin në fermën e pamatë me limona, ullinj, mandarina dhe serat me perime, që ishin jo më larg se dy metra nga banesa e tyre e re. Taulant Kalemi punoi plot dhjetë vjet në fermën e burrit me mustaqe spic dhe zonjës që i dha një birrë të madhe kriko dhe një kofshë qengji, atëherë kur po vdiste nga uria dhe frika, ndërsa shoku i tij u largua shpejt drejt një ishulli ku jetonin kushërinjtë e tij.

    Të zotët e fermës ishin sjellë me të si mos më mirë, rrogën ia transferonin çdo muaj në Shqipëri në llogarinë e një banke greke me filiale në Tiranë. Kur nuk kishte punë në fermë, ndihmonte fqinjët në punët e pikut, të cilët e paguanin jo keq dhe me ato para kollondrisej për ato qejfe të vogla në atë pak kohë të lirë që i tepronte. Kohën e lirë e shpenzonte duke dalë nëpër tavernat e fshatit apo edhe në qytezat pak më të largëta, dy apo tri herë kishte shkuar edhe në Selanik, që ishte edhe kryeqyteti i rajonit. Kishte shkuar me ndonjë vajzë, por asnjëherë s'ia kishte dalë të binte në dashuri, kjo jo për fajin e tij, por më shumë për faktin që vajzat me të cilat kishte bërë seks e kishin çmuar atë vetëm për këtë të fundit dhe s'ia kishin dalë të zbulonin asnjë cilësi tjetër tek ai.

Ai s'kishte ndonjë aftësi për të afruar femra, bile thuajse i mungonin plotësisht ato lloj dhuntish; thjesht kishte qejf të bënte seks, kënaqësinë e të cilit e plotësonte kryesisht me duart e tij plot kallo.

Kur kishte pasur ndonjë rast nëpër tavernat e fshatit apo të Selanikut, të takonte ndonjë grua, ishin ato që e kishin zgjedhur. I qe dashur të bënte dashnorin dhe hamshorin e tyre. Vegla e Taulantit përflitej ndër kurvat e tavernave si "kari i çobanit", por Taulant Kalemi as nuk e dinte këtë dhe aq më pak që ishte i interesuar për këtë aftësi të fshehur të tij. Dorën e djathtë e kishte yll fare, por edhe me të majtën bënte mrekullira. Pas dhjetë vjetësh, Taulant Kalemi kishte mundur të siguronte edhe dokumente greke. Aq shumë ishte lidhur me punën sa asnjëherë s'i kishte shkuar ndërmend të kthehej qoftë edhe për një vizitë disaditore në shtëpinë e tij, në atdhe, e cila tashmë shkëlqente dhe ishte më e bukura e fshatit.

Fliste herë pas here në telefon me të tijtë. Një ditë, tek fliste me të atin, mësoi se nëna e tij s'ishte mirë, ndërsa motrat qenë martuar larg. Nga fundi i bisedës, ati kishte shtuar:

- Unë s'jam më ai burri që ke njohur ti dikur. Eja e shihi prindërit e tu para se t'u shohësh veç varret.

Taulant Kalemi, pas kësaj bisede, u kthye në fermën e burrit me mustaqe spic dhe qau për orë tëra. I zoti i fermës e pa ashtu të përlotur, siç nuk e kishte parë kurrë, mendoi se diçka e rëndë kishte ndodhur, ndaj e ftoi menjëherë të dilnin në tavernën e fshatit për ndonjë gotë birrë, por kryesisht për të biseduar.

Dolën dhe pinë birrë njëlloj si para dhjetë vjetësh, kur ai kishte shkuar për të parën herë në Kallaratë. Pinë sa u bënë bythë të dy. Dhe secili solli kujtimet e së shkuarës, në një përlotje e dehje të ëmbël.

Taulant Kalemi fliste për ditën e parë kur kishte mbërritur në Kallaratë dhe qe gostitur pas një urie disaditore me një kofshë qengji dhe një birrë të madhe kriko, ndërsa burri me mustaqe spic i tregoi për herë të parë për arratisjen e tij nga Shqipëria, kur ajo sapo qe çliruar nga nazistët dhe pushtuar nga komunistët.

"JUGSJA" DHE KËMISHA ME FIJE ARI

Klasa jonë 4B kishte tridhjetë e një nxënës, saktësisht nëntëmbëdhjetë djem dhe dymbëdhjetë vajza. Paralelja jonë kishte pesë klasa, nga "A"-ja tek "E"-ja, dhe plot njëqind e gjashtëdhjetë e pesë nxënës. Në shpërndarjen e nxënësve nëpër klasa thuhej se përdoreshin disa standarde. Në klasën "A" ishin grumbulluar të gjithë fëmijët me biografi "të mirë" apo, si thuhej ndryshe, fëmijët e udhëheqjes. Në klasën "B" renditeshin nxënësit më të mirë të paralelit pas "A"-së, pastaj rendi nuk ndiqte ndonjë farë rregulli, por mbushej me nxënës që barazoheshin deri diku në raportet gjinore, kur kjo ishte e mundur. Tek "A"-ja kishte më shumë vajza, ndërsa te "B"-ja më shumë djem. Për hir të së vërtetës, ne djemtë e "B"-së i mbanim sytë gjithmonë nga vajzat e paraleles "A", jo vetëm se ato ishin më të shumta në numër, por edhe se visheshin më bukur. Bile edhe bukën e merrnin përherë me vezë të skuqura, djathë e gjalpë, shoqëruar me ndonjë karamele zana, pako me vafer apo llokume me arra. Luks që nuk e gëzonte thuajse askush në klasën tonë.

Ne të "B"-së ishim fëmijë nëpunësish të thjeshtë e punëtorësh të zakonshëm, por mësonim mirë. Në klasën tonë kishte fëmijë ekonomistësh, normistësh, policësh, kapterësh, magazinierësh, postierësh, elektricistësh, orëndreqësish, kishim në klasë edhe vajzën e regjisores së teatrit të kukullave, edhe djalin e kineastit të qytetit. E veçanta qe se në klasë na ra edhe vajza e një armiku, që e kishin sjellë nga një qytet në thellësi të jugut ta edukonin tek ne. Yll mbi të gjithë shkëlqente me errëtinë e lëkurës edhe djali i kovaçit të qytetit, Ram Gabelit. Vajza e armikut quhej Viola, ndërsa djali i kovaçit Shaban. "Jugsja" ia kishim vënë nofkën vajzës, ndërsa djalin e thërrisnim gjithmonë "Shaban Gabeli". Që të dy i pranuan dhe u mësuan me nofkat e tyre; asnjëherë s'u mbetej hatri.

"Shaban Gabeli", në të vërtetë, ishte shumë më i bardhë se disa djem e vajza të klasës. Nga Gjakova me origjinë, prej ku gjyshi i tij kishte ardhur për të bërë punën e kovaçit nëpër fshatrat e Malësisë së Gjakovës. Mbarimi i luftës dhe mbyllja e kufijve në vitin 1948 e kishte zënë në anën tonë. Duke qenë se fitonte mirë dhe s'kishte kurrfarë konkurrence, kishte vendosur të rrinte në Shqipëri. I biri, Rama kishte të njëjtin zanat dhe, siç më tregonte im atë që e njihte mirë, ai ua kishte mësuar këtë zanat shumë artizanëve të rinj në kohën, kur filloi të ndërtohej uzina mekanike në qytetin e ri. Edhe im atë kishte nxënë profesion prej Ram Gabelit.

Familja e tyre ishte pajtuar tash dy-tre breza me këtë "mbiemër". "Shaban Gabeli" dhe "Jugsja", e cila i ishte bashkuar klasës sonë vetëm pak muaj më parë, ishin shumë të mirë në aritmetikë, por kishin disa probleme me gjuhën dhe leximin. Kështu që mësuesja jonë e mirë më ngarkoi mua t'i ndihmoja. Shkoja një ditë në shtëpinë e "Jugses" dhe ditën tjetër në atë të Shabanit, ndërsa të shtunën tek të dy. Te "Jugsja" kishte shumë libra, ndërsa në shtëpinë e "Shaban Gabelit" shumë fëmijë. Aq shumë kënaqesha nga ky ndryshim, saqë, kur ndahesha prej tyre, gjithmonë mendoja që nuk do t'u mësoja asgjë, në mënyrë që ta zgjasja këtë kënaqësi. Dhe në të vërtetë ashtu ndodhi. Viola ishte fëmijë i vetëm. I ati kishte qenë piktor. Tani punonte disenjator në ndërmarrjen komunale, ndërsa të ëmën e kishin caktuar mësuese historie në një fshat jo dhe aq larg qytetit. Pavarësisht dialekteve të ndryshme, unë i kuptoja që të tre kur flisnim. Edhe ata mua, por Viola kishte probleme në komunikim me shokët dhe shoqet e klasës. Të paktën kështu kishte thënë mësuesja jonë e mirë. Në shtëpinë e Shabanit jetonin dymbëdhjetë anëtarë në dy dhoma dhe një si kthinë, që shërbente edhe si kuzhinë, edhe si kovaçhane, por edhe si dhomë gjumi për gjyshin dhe gjyshen e Shabanit. Familja përbëhej nga dy gjyshërit nga baba, nëna dhe babai, si dhe tetë fëmijët, pesë djem dhe tri vajza. Shabani ishte i katërti në radhë.

Shtëpia e "Jugses" kishte një dhomë gjumi dhe një si paradhomë, që shërbente edhe si korridor, dhe si dhomë ndenjeje. Gjithmonë mbretëronte një qetësi e frikshme. Kur hyja atje, më prisnin tri palë sy dhe tri lloje buzëqeshjesh. E ëma, që ma hapte deriçkën, ku unë trokisja lehtë, ma hidhte dorën në qafë dhe m'i përkëdhelte flokët gjithë ëmbëlsi. Ajo kishte dy sy të ndritshëm, mbushur me lëng, gjithmonë të gatshëm për të derdhur lot. Mua më ngjante me një drenushë të zënë në pritë. I ati më shihte ftohtë dhe përherë më dhuronte një buzëqeshje ngjyrë gri. Atë e gjeja ose duke lexuar, ose duke pikturuar në atë qoshen që shërbente edhe si korridor, edhe si dhomë ndenjeje. Ndërsa Viola më priste në dhomën e gjumit, dera e të cilës rrinte gjithmonë hapur, ndoshta edhe për faktin se paradhoma s'kishte dritare. "Jugsja" kishte sy ngjyrë gështenje, që i rrethoheshin prej kaçurrelave të pabindura në të njëjtën ngjyrë. Koka i ngjante me dëllinjat e kuqërremta, që i digjnim për ditën e verës në kodrat që rrethonin qytetin. Ajo lexonte dhe formonte fjali të sakta, lakonte emrat dhe i zgjedhonte foljet drejt. Pas disa ditësh ia thashë Violës dhe ajo u kënaq aq shumë, sa më përqafoi. Ia thashë edhe mamit të saj. Edhe ajo shndriti nga kënaqësia, ndërsa i ati as që e ktheu kokën të na shihte. Edhe pse nuk më pëlqente sjellja e tij, e respektova në heshtje. Brenda vetes ndjeja që diçka e mundonte atë burrë, që sillej ftohtë dhe çuditshëm jo vetëm me mua, por me të gjithë. Nuk e shpjegoja dot çfarë ishte dhe më digjte dëshira ta mësoja.

Në shtëpinë e "Shaban Gabelit" atmosfera ishte krejt ndryshe. Atje të dukej sikur ishe në një punishte ku "vlon puna dhe kënga ushton", si te vargjet e një kënge popullore, që transmetohej në radion e vetme kombëtare tri-katër herë në ditë. Dhe ashtu ishte vërtet. "Ram Gabeli", në një qoshe të kuzhinës, kishte improvizuar një si kovaçhane të vogël ku mprehte sakica e kmesa, riparonte e drejtonte shyetën e lopata, kazma e sfurqe, pikte me kallaj kusia dhe legenë. Gjysma tjetër e dhomës i përkiste gjyshit dhe gjyshes së Shabanit, që rrinin gjysmë shtrirë në një krevat hekuri, që s'ishte as tek, as dopio. Në të dyja anët e tij, kishte nga një komodinë druri, ku të moshuarit mbanin sendet vetjake. Plaku kollitej aq shumë, sa të krijohej ideja se do t'i ndalej fryma dhe do jepte shpirt nga çasti në çast. Kur e mbyllte një seri kollitjesh, zgjaste dorën plot rrudha e merrte mbi komodinë një tas litrosh llamarine, ku pështynte me zhurmë gëlbazë, që i dilnin nga thellësia e gjoksit të karbonizuar nga tymrat e qymyrit që kish thithur gjatë një jete të tërë si kovaç. Pastaj merrte frymë thellë dhe i hakërrehej të birit:

— Të qifsha Shqipninë e mutit! Na le me dek për gazep!

Paske qenë ma gabel se gabelët, jazëk të koft!

Rama as që e dëgjonte të atin në atë zhurmë çoroditëse, që krijonte punishtja e tij e improvizuar në dhomën e ndenjes, që dukej sikur s'ishte lyer kurrë. Tjetra, që shërbente si dhomë gjumi, ishte shtruar me dërrasa. Në të majtë të derës deri te dritarja, kishte dyshekë të vjetër dhe jorganë. Aty flinin rresht nga i madhi tek i vogli të tetë fëmijët. Afër dritares, nga e djathta, ishte një shtrat dërrase, ku flinin baba dhe nana e Shabanit dhe shpeshherë motra e tij e vogël. Ngjitur me të, gjendej një tavolinë dërrase, rrethuar me stola të gjatë. Ajo ishte mensa. Pas derës, një dollap llamarine me dy kanata, që e shihja gjithmonë të mbyllur me një dry metalik bajagi të madh.

Ç'është e vërteta, as me njërin, as me tjetrën, nuk bëja kurrfarë përpjekje për t'i ndihmuar në gjuhë dhe lexim. Ne thjesht kënaqeshim duke folur me njëri-tjetrin. "Jugsja" i kishte mbaruar gjithmonë detyrat, kur i shkoja në shtëpi. Rrinim barkazi të dy në krevatin e prindërve të saj dhe tregonim histori për qytetet tona, për fshatrat e prindërve tanë dhe për gjithçka dinim nga e shkuara jonë jo shumë e largët. Dhjetëvjeçarë ishim. Te Viola flisnim përherë me zë të ulët, te Shabani ishte njëlloj; si të flisje me zë të ulët, si me zë të lartë, nuk dëgjoheshe kurrë.

Një të shtunë, Violën e gjeta vetëm në paradhomë. Prindërit, siç më tha, qenë ftuar për drekë nga regjisori i pallatit të kulturës, një burrë i ditur dhe fort i talentuar, me të cilin shoqërohej shpesh im vëlla. U ula në karrigen e kashtës, aty ku zakonisht gjeja piktorin, ndërsa ajo ndenji përballë meje, në një karrige dërrase.

- Për çfarë do flasim sot? - tha Viola.

E pash drejt e në sy. Ajo s'ma ndau shikimin. Kisha menduar njëqind herë të flisja me të, t'ia bëja atë pyetje, por s'kisha guxuar.

- Pse është armik babai yt, Viola?
I hapi sytë e bukur ngjyrë gështenje. Pastaj u lëshua në një të qeshur gurgulluese. Dikur u ndal e mori pamje serioze.
- Vërtet do ta dish, apo po tallesh?
- Dua ta di! - thashë shpejt e shpejt, - por të betohem që s'ia them askujt. As dërrasave të varrit!
Ajo u shkriu së qeshuri prapë, thua se po flisnim për lojërat tona të përditshme e jo për diçka, që as të rriturit nuk guxonin të zinin me gojë.
- Është shumë "fani" kjo histori. S'është as sekret. Mund t'ia tregosh kujt të duash.
Desha ta pyes se çfarë do të thoshte ajo fjalë, por statusi im i "mësuesit ndihmës" nuk më lejonte. Ajo, siç duket, e lexoi hezitimin tim dhe më shpjegoi se "funny - fani" do të thoshte diçka për të qeshur, vinte prej anglishtes, gjuhë të cilën i ati e fliste si shqipen. M'u shtua edhe më shumë kuriozieti. E sigurova "Jugsen" se edhe familja ime konsiderohej "armike" në qytetin e vogël. Nuk i bëri ndonjë përshtypje ky informacion. Gjithë duke qeshur nisi të rrëfejë:
- Në majin e vitit 1959, vendin tonë e vizitoi udhëheqësi i Bashkimit Sovjetik... - në rrëfimin e saj kishte histori me udhëheqës, me komitete, me piktura të të atit, me hetime, me burgje e me në fund me internimin në qytetin tonë.
- Pas nëntë vjetësh e katër muaj që im atë vuajti nëpër burgjet e veriut, erdhi në shtëpi me një copë letër. Na internonin edhe për pesë vjet në qytetin tënd. Të pëlqeu historia e babit, o mësuesi im i gjuhës dhe leximit? - e mbylli rrëfimin e saj tronditës.
U stepa, u ndjeva pak fajtor; kishin zgjedhur për burgim dhe internim pikërisht veriun e vendit, po s'dija ç't'i thosha. Rrëfimi i saj ishte i jashtëzakonshëm, i guximshëm, i lirshëm, i sinqertë. Kurrë më parë s'kisha

pasur mundësi të dëgjoja një të tillë aq të zjarrtë nga një bashkëmoshatare. Kisha dashur mijëra herë t'ia rrëfeja dikujt historinë e nënës dhe babait tim, por më kishte ngecur në fyt. Pashë orën e murit. Koha kur duhej të isha te "Shaban Gabeli", pasi ishte e shtunë. Dy kokrra loti m'u mblodhën në mjekër dhe e urëzuan si kristale pragun e shtëpisë së bijës së piktorit armik. Nuk i ktheva kryet mbrapa. Ndjeja mbi supe shikimin e ngrohtë të Violës, lehtësinë me të cilën ajo e merrte atë histori. Eca si i dehur drejt shtëpisë së Shabanit, i sigurt që më shumë do mësoja unë prej tij se ai prej meje.

Në hyrje të pallatit pesëkatësh, ku jetonte Shabani, takova të atin. Në krah mbante një thes të bardhë plastmase, mbushur me shkrime dhe vula në gjuhë të huaj. Më pyeti për babën dhe më porositi që të mos harroja t'i bëjë të fala.

- Je djalë me fat, – më tha, – na kanë ardhë tesha prej Kosove!

Heshta një fije, hyra pas tij në shtëpinë e zhurmshme në katin e parë. Rama e hodhi thesin në mes të dhomës. U ul këmbëkryq, me një thikë në dorë. Tetë fëmijët, e shoqja dhe unë u ulëm rreth tij. Ai dhe thesi në mes. Përballë, e ëma dhe i ati. M'u duk sikur ishim në një teatër kukullash; askush nuk fliste, por të gjithëve na shndrisnin sytë nga kënaqësia dhe kureshtja. Në familjen e "Shaban Gabelit" kishin ardhur tesha të jashtme nga Jugosllavia. Nga njerëzit e tyre që jetonin vetëm tridhjetë kilometra nga qyteza jonë e re. Rama e shqeu thesin me thikën e mprehtë si të ishte barku i një deleje dhe prej saj u derdhën gjithfarë teshash shumëngjyrëshe. Nisi t'i shpërndante një e nga një. I merrte, i shkundte, i shtrinte, i shihte se kujt mund t'i binte për trup dhe për gjini, pastaj ia gjuante në prehër duke i thënë: "E jotja, e gëzofsh". Nja dy kutia me ilaçe që ishin në zemër të teshave të palosura i gjuajti në krevatin e prindërve. Në këtë valle të mahnitshme, askush nuk fliste. Ndoshta ishte hera e parë që në atë shtëpi kishte aq shumë qetësi. Motra e madhe e Shabanit i kishte bërë sytë pishë; shihte grumbullin e ylbertë dhe priste teshat e saj. Ajo ishte një nga femrat më të lakmuara të qytetit, jo vetëm se ishte e bukur, por edhe se vishej me xhinse dhe triko me xixa, si askush tjetër. Rama, ashtu siç më kishte thënë baba im, dukej njeri i mirë dhe i drejtë, çdo rrobë e maste me sy dhe ia gjuante atij që i takonte. Aty nga zemra e teshave u shfaq një këmishë najloni e kaltër me krahë të gjatë, jakë të fortë dhe të madhe, e qëndisur para dhe mbrapa me gërsheta, përmes të cilave gjarpëronin tela filigrami në ngjyrë ari. Sytë e trembëdhjetë vetëve u ngulën tek ajo këmishë. "Ramë Gabeli" e mori, e shkundi, e shpalosi, kqyri rreth e rrotull dhe sytë iu ndalën tek unë dhe Shabani. Na këqyri ngeshëm edhe një herë dhe këmishën ngjyrë deti me fije ari ma gjuajti mua në prehër. Unë e shtyva drejt Shabanit. Rama foli prerë:

- Ajo këmishë ashtë e jotja, jo se po e mëson djalin tonë, por se je djali i babës së mirë.

Atë ditë qava dy herë: te pragu i shtëpisë së "Jugses" dhe te shtëpia e "Shaban Gabelit". Të hënën i thashë mësueses se as Viola, as Shabani s'kishin më nevojë për mua: "Ata flasin e lexojnë shqip njëlloj si ju. Shumë më mirë se unë.".

Tiranë, shkurt 2021

BIZNES I RI NË LAGJEN TONË

S'është ndonjë pozicion i keq për biznes. Këndi veri-perëndimor i katit zero të një pallati të ri, ngjitur me hyrjen e parkingut nëntokësor. Në të dyja këndet gjithmonë mund të gjeje vend për parking, dielli e merrte thuajse gjithë ditën e lume. Ka një tarracë me sipërfaqe, ku mund të rrinin lirshëm gjashtë-shtatë tavolina. E megjithatë, shumicën e kohës, ai bar qëndronte i mbyllur dhe në të katër anët e tij lexoje letra format A4, ku shkruhej: "Jepet me qira. Kontakto në nr. 068...". Sa herë që dikush e merrte, nuk e mbante më gjatë se dy apo tre muaj dhe prapë shfaqeshin letrat A4. Thuhej se pronari jetonte jashtë dhe nuk i interesonte shumë fitimi prej tij. Para nja tri-katër vjetësh, për rreth gjashtë muaj, bari në qosh të rrugicës lulëzoi, aq sa banorët e lagjes u revoltuan, sepse nuk ndalej muzika deri pas mesnate. Dhe çfarë muzike? Një tallava gabelësh, që të nxirrte zorrë e mushkëri prej goje kur e dëgjoje. Atë kohë, barin e pat marrë me qira Beqir Gabeli, dy vajzat e të cilit kishin marrë trotuaret e Brukselit dhe po bënin para me thasë. Beqir Gabeli kapardisej gjithë ditën e lume me shoqninë e tij, pinin e këndonin sa deheshin nga dy herë në ditë. Diku nga vera thanë që njëra prej vajzave të tij kishte mbërritur për pushime dhe pas dy ditësh të mbërritjes së saj as s'u dëgjua muzikë, as s'e pa kush më Beqir Gabelin, jo në kafe, por as në lagje. Ndenji ashtu i mbyllur edhe për shumë muaj dhe diku nga pranvera u shfaqën në tarracën e tij disa djem të rinj me flokë të përdredhura, me pirsa në veshë, vetulla, buzë dhe në hundë. Me sy të skuqur e hundë si viça qumështi, dallonin lehtë që ishin përdorues droge. Muzika ndryshoi krejtësisht, tingujt e rrokut, hip-hopit, repit dhe teknos pushtuan lagjen. Djemve u bashkoheshin edhe vajza të llojit të tyre. Parkingu ishte gjithmonë plot e përplot me makina të shtrenjta, por nuk mungonin edhe rrangallat pesëqindeuroshe. Edhe pse pati herë pas here telefonata nga banorët në drejtim të policisë, askush nga policët e zonës s'u pa në lagjen tonë. S'qe e vështirë ta merrje me mend që djemtë me pirsa dhe me flokë të gjatë paguanin dikë në rangjet e larta të policisë dhe nuk ngacmoheshin prej askujt. Këtë të vërtetë ia kishte pohuar i plotfuqishmi i lagjes në mirëbesim një banori të pallatit tonë, i cili po në mirë besim ma tha edhe mua, bile i kishte thënë që ai vetë e kishte të ndaluar të kalonte në rrugicën tonë, në qoftë se dëshironte të vazhdonte punën në polici. I plotfuqishmi kishte tentuar të bënte një përpjekje tek një epror, me të cilin kishte miqësi të vjetër. Por edhe ai i kishte thënë prerë: "Mos u merr me ta, se e kanë varur çengelin lart, të hanë kokën ty dhe mua së bashku". Për hir të së vërtetës, nuk është se silleshin keq as me njëri-tjetrin dhe aq më pak me banorët; në tarracë rrallë i shihje. E megjithatë nuk i shpëtonin ulërimave dhe ekstazave të shkaktuara nga lëndët e forta narkotike, që përdoreshin në brendësi të barit.

Siç u mësua më vonë, në barin ku dikur kishte shpërthyer tallavaja e gabelhanja, tregtoheshin me pakicë dhe shumicë të gjitha llojet e drogave, duke nisur nga kanabisi, kokaina, ekstazia, heroina, halucinogjenë dhe metamfetamina nga më të ndryshmet. Ndodhte shpesh që lagjja blindohej me 'bodigardë' kokërruar, të veshur me kostume të zeza. Në ato raste thuhej që vinin mysafirët VIP, ndoshta shefat e mëdhenj të policisë apo të politikës, të cilët merrnin racionin e drogës apo shpërblimet për sigurinë e qetësinë e qiramarrësve të barit. Banorët e pallateve përreth, por edhe banorët e pallatit të ri, nuk kthenin më as kryet nga bari në qoshe të rrugicës, lëre më t'u shkonte mendja t'i çonin këmbët andej pari.

Për gati dy vjet, leshdredhurit me pirse në vetulla, veshë dhe hundë ishin pronarët e vërtetë të asaj lagjeje, që nuk është më larg se një mijë hapa nga kali i Skënderbeut. Ata thjesht merrnin frymë dhe nevoja i kishte mësuar të gjenin rrugë të tjera për t'iu bashkuar qytetit dhe punëve të tyre të përditshme. Një natë të ftohtë janari u mor vesh në të gjitha televizionet e vendit dhe të huaja, që policia shqiptare, në bashkëpunim me DEA-n amerikane, Interpolin dhe policitë e disa vendeve fqinje, kishin kryer një operacion të zgjeruar ndërkombëtar, duke shpartalluar një nga grupet më të fuqishme në Europë të trafikut të lëndëve narkotike. Baza kryesore dhe krerët e këtij grupi kishin qenë djemtë leshdredhur me pirsa në shumë pjesë të fytyrës, qiraxhinjtë e barit, që shumicën e kohës mbante nëpër dritare letrat format A4, ku shkruhej "Jepet me qira...".

Kjo ngjarje ia zbehu edhe më shumë imazhin si biznes barit, që për disa kohë mbeti i rrethuar nga shiritat e policisë si zonë krimi. Dikush tha që e kishin arrestuar edhe të zotin e barit, i cili jetonte në një vend të BE-së, por shpejt u mësua se ishte thjesht një thashethem. Për gati një vit nuk u panë më letrat nëpër dritare dhe verandat e barit të pafat në biznesin e asaj lagjeje shumë afër qendrës.

Pastaj u shfaq fantazma e flamës, e cila mori emrin "covid 19" dhe letrat format A4 nëpër dritaret dhe grilat e bizneseve, ku shkruhej "Shitet ose jepet me qira", u shtuan pafund.

Në kërthi të pranverës së dytë të flamës kovid, në verandën e barit të pafat u shfaqën disa gra, të cilat s'mund t'i çmoje as të vjetra në moshë, por kurrsesi të reja, të veshura me shije dhe elegancë. Qe e lehtë t'i dalloje, se ato kujdeseshin me përkushtim për fytyrën dhe flokët e tyre.

Bari u çel rishtazi, një muzikë popullore e lehtë lëshonte tingujt e butë në krejt hapësirën e verandës dhe rreth saj. Veranda, por edhe pjesa brenda dhe sidomos tualeti, shkëlqenin nga pastërtia dhe aromat me shije trëndafili, karajfili dhe menteje. Klientët e parë, që i ngjitën ato tri katër shkallë që e ndanin nga rruga, ishin disa burra të moshuar të lagjes, që s'donin ta kalonin me këmbë asnjërën prej rrugëve automobilistike, që rrethojnë bllokun e pallateve, dy rrugë këto me trafik të çmendur. Gratë kohanike s'janë as një, as dy, po janë fiks katër. Ato nuk ngjasin me njëra-tjetrën, por kanë një harmoni të përsosur veprimesh dhe sjelljesh, sa të krijojnë përshtypjen se i përkasin ndonjë sekti apo shkolle të caktuar.

Flasin me zë të ulët, të butë, as shumë ledhatar, por qoftë larg arrogant. Është e vështirë ta marrësh vesh se nga cila anë e atdheut vijnë. Nuk janë as veriore, as jugore, as lindore, as perëndimore. Për një lokal lagjeje, në të cilin mund të shërbejë vetëm një person si banakier, kamerier dhe sanitar, prania e katër grave të veshura me shije dhe të mbajtura është befasi dhe risi njëkohësisht, aq më tepër në një kohë si kjo, që me zor po mbahen biznese të vjetra dhe me mbështetje. Burrat e moshuar, që guxuan të ngjisin të parët shkallët e barit problematik, nisën të ndillnin shokët e tyre dhe akoma pa nxënë lulet e qershisë dhe kumbullave përreth, veranda zuri të mbushej plot me burra flokëbardhë e leshramë. Çdo tavoline i shërbente njëra nga gratë. Uleshin në tavolinat e klientëve dhe nisnin muhabetin, si të ishin mikeshat e tyre të vjetra. Ata burra të thinjur e leshramë kishin fate dhe jetë të ndryshme. Dikush qe vejan, dikush i ndarë, dikush teveqel, të tjerë kishin qëlluar qejfli femrash e kurvarë të ramë nga vakti. Kish prej tyre që ishin parelli prej fëmijëve në emigracion apo me pasuri të trashëguara, pronarë trojesh, mbi të cilat qenë ndërtuar pallate të reja, prej nga merrnin qira shtëpish dhe dyqanesh. Mes tyre kishte edhe varfanjakë të qitun, por paret për kafen dhe rakinë ata ia hiqnin bukës dhe ilaçeve dhe nuk e linin vetën pa dalë në kafe asnjë ditë.

Dalëngadalë nisën të ngjisnin shkallët e barit të pafat edhe zanatçinj, si: bojaxhinj, marangozë, elektricistë, hidraulikë, pronare dyqanesh të vogla dhe soj-soj burrash me kollare e kostume. E kisha parë t'i ngjiste ato shkallë edhe zhbokuesin e lavamanëve dhe banjave, një gabel i shëndetshëm dhe plot energji, i cili kishte qenë në shtëpinë tonë para disa vitesh, pikërisht për të zhbllokuar lavamanin e kuzhinës. Në ndryshim me kohën, kur barin e kishin me qira grupi i djemve leshdredhun dhe me pirsa, kur s'gjeje vend për parkim në të gjithë lagjen, tani të gjithë klientët vinin ose me këmbë, ose me biçikleta. Ndonjëri prej tyre qëllonte të vinte me motorin e tij "Piaggo" apo "Honda". Zhbllokuesit të banjave ia kisha fshirë numrin e telefonit dhe emrin s'ia pata mësuar kurrë.

Ishte pikërisht ai dreq lavamani, i cili kishte disa ditë i bllokuar, arsyeja që më bëri të ngjisja shkallët e barit problematik në qoshe të pallatit të bllokut, ku banoja edhe unë. Dy prej grave që mbaheshin mirë dhe nuk e tregonin moshën, me një gojë më ftuan të ulesha në të vetmen tavolinë bosh në tarracën e barit, që ndërronte shpesh padronë dhe sa niste t'i ndriste fati, i fikej shkëlqimi.

- Më falni, kam parë që zhbllokuesi i banjave, një mesoburrë, vjen shpesh në barin tuaj. Kam nevojë për të, më është bllokuar lavamani i kuzhinës, por, për dreq, ia paskam fshirë numrin dhe...

- Ulu e prite se nuk vonohet, këtej rrotull është, këtu ishte ulur. Ajo birra gjysmë e zbrazur e tija është.

- Po kaloj më vonë, këtu afër banoj, - thashë unë i pavendosur.

- Si të duash, na lër një numër telefoni, që t'i themi Qazimit të të marrë.

Kërkesa për ta dorëzuar numrin tim të telefonit tek disa gra që s'i njihja fare, shto këtu edhe dyshimet se nuk ishin engjëj, ma çoroditi ekuilibrin dhe u ula pikërisht në tavolinën ku ishte një shishe birrë "Amstel", e lënë përgjysmë.

- Më sillni edhe mua një "Amstel", se po e pres në qoftë se nuk vonohet shumë.

U ula dhe fillova të vizitoj me sy pesë tavolinat e tjera të tarracës dhe banorët e tyre. Në çdo tavolinë kishte dy apo tre meshkuj të moshave dhe profesioneve që i kam treguar dhe përshkruar më lart dhe po ashtu një apo dy gra as të vjetra, as të reja, që kujdesen për paraqitjen e tyre. Përveç kësaj, në atë sipërfaqe prej gjashtëdhjetë-shtatëdhjetë metra katrorë kundërmonin erëra të ndryshme parfumesh, jo të cilësive surrogate. Zërat e burrave dhe grave nëpër tavolinat e tyre i mbyste muzika e shpërndarë kujdesshëm dhe në mënyrë mjeshtërore nga ndonjë profesionist.

Burrat dukeshin të ekzaltuar e gratë u përgjigjeshin me po të njëjtat gjeste, por dukeshin haptazi më të përmbajtura dhe herë pas here çoheshin nga tavolinat ku ishin ulur dhe sillnin porosi me pije nëpër tavolinat ku rrinin të ulura. Ndjeva nevojën të shkoja në banjë, ndoshta jo edhe aq për të pshurrur sesa për të ndërruar ambient. Gruas, që më kishte sjellë birrën dhe më kishte buzëqeshur me një hukamë parfumi të lehtë "Hugo Boss", që po qëndronte në këmbë afër tavolinës, ku isha ulur për të pritur zhbllokuesin e nevojtoreve, bashkë më shishen e birrës së tij gjysmë të zbrazur, i thashë.

- A mund të shkoj pak në tualet?
- Patjetër, pse jo, a doni t'ju shoqëroj?
- Faleminderit, thjesht më tregoni se ku është dhe u krye.

- Zotëri, në qoftë se keni nevojë për ndonjë zhbllokim të tubave urinarë mos hezitoni, ne e ofrojmë këtë shërbim me shumë cilësi dhe shumë më lirë e më mirë se zhbllokimin e një lavamani, për të cilin mund të jeni bezdisur nga zonja juaj tash një javë, - më tha pa pikë droje gruaja e veshur shik, së cilës nuk mund t'i çmoje moshën, edhe pse s'qe e vështirë ta dije që i kish rruar nja pesëdhjetë vjet.

www.ingramcontent.com/pod-product-compliance
Lightning Source LLC
LaVergne TN
LVHW041840070526
838199LV00045BA/1368